박카이

: 박코스 축제의 여인들

Βακχαι

이 책은 2020년도 상명대학교 교내선발과제 지원을 받아 연구되었음.

원전 그리스 비극 ④

박카이

: 박코스 축제의 여인들

Βακχαι

정해갑 역저

『박카이』는 우리에게 익히 알려진 디오뉘소스 신화를 여성주의 관점으로 극화한 것으로, 작가 에우리피데스(Euripides)가 생애 마지막을 보냈던 이방 땅 마케도니아에서 발표한 작품이다. B.C. 405년 그의 사후에 아티카 비극의 메카인 아테나이에서 재탄생하는 특이한 역사를 지니며, 그의 전작인『메데이아』와 함께 여성주의를 표방하는 대표적 수작으로 꼽힌다. 그리스 3대 비극작가의 계보는 아이스퀼로스(Aeschylus), 소포클레스(Sophocles), 그리고 에우리피데스로 이어지는데, 이들 가운데 가장 독특한 인물이 바로 에우리피데스이다. 그의 사회적 신분은 토착 귀족이 아니었고, 예술적 경향도 여성주의이며, 종교적 성향도 다소 이방 신비주의를 지향한다. 문화적 관점에서 이런 개인적 특성이 그의 작품들에 잘 투영된 것으로 볼 수 있다. 동방의 메데(Media) 여인과 태양신(Helios)을 소재로 여성주의 문학의 큰 획을 그은『메데이아』의 탄생이 그러했고, 이 작품『박카이』는 그것을 가

일층 심화시켰다.

그에게 있어 디오뉘소스(박코스)는 누구이며, 박코스 축제는 무엇인가? 종교철학적으로 일신교적 다신주의인 헬레니즘 문화에서 종교행위는 하나의 국가적 의식일 뿐이며, 대개는 개인 생활과 일상 문화와는 무관한 것이었다. 종교 지도자와 정치 지도자에 의한 연례 행사 혹은 계절 행사로서, 종교 의식(제사 행위)이 위안은 줄지 모르지만, 개인의 삶에 아무런 변화나 영향을 끼치지 못하는 관념의 차원에 머물렀다고 보아진다. 이런 형식에 머물던 종교를 삶의 중심으로 옮겨놓고, 사회의 변두리에 머물던 여성을 담론의 중심으로 이끌어낸 문화적 혁명과도 같은 작업이 이 작품을 통해 시도되었다고 볼 수 있다.

이 작품에서 지속적인 화두로 등장하는 것은 균형과 조화이다. 이런 관점에서 현대 페미니즘 운동을 둘러싼 진실과 오해를 변증하는 기초 담론으로 눈여겨보아야 할 문화적 핵심 담론은 이방 문화와 헬라 문화, 야만과 문명, 감성과 이성, 그리고 신과 인간, 남성과 여성, 집단 전체와 개별 인격이다. 탈식민주의, 문화유물론, 신역사주의, 해체주의, 포스트모더니즘 등과 맞물려있는 이런 문화적 갈등 양상을 겨냥하여 원초적 담론을 제기하는 『박카이』는 오염되지 않은 순수 인문학의 고갱이다. 이 박코스 축제를 통해 부딪치고 깨어지며 새로운 질서를 향해 도약하는 아픔을 역설적으로 그려 내고자 한 것이 작가의 의도로 보인다. 인간은 고통을 통하여 배움을 얻는 존재이기에 그 고통은 더 이상 피상적 위로에 머물기를 거부한다. 산모의 진통에 가장 큰 위로는 새로이 탄생하는 생명이며, 그 고통을 배우는 것이 비극의 역설적 철학이다. 스파라그모스(Sparagmos)의 찢어진 육신과 피를 통해 새로운 질서를 지향하는 역설적 비극이다. 안타깝게도 이 고통과 아픔에 동참하지 않는 영혼의 재생은 인간에게 허락되지 않은 것 같다. 박코스 축제의 여인들을 대표하는 여성 아가우에(Agaue)는 자신의 아들이며 왕인 펜테우스(Pentheus)를 자신의 손으로 갈기갈기 찢는 광기의 정점을 지나서야 비로소 현실을 바라보게 된다. 누가 승자이며 누가 패자인가? 남성과 여성은 서로 타자가 되어서는 안 된다. 이러한 역설적 비극 철학에 깃든 소통의 의미를 발견할 때 비로소 문화 갈등과 대립은 치유의 소망을 갖게 될 것이다. 이와 같이 페미니즘의 핵심 논쟁을 잉태하며, 아이스퀼로스의 『아가멤논』을 필두로, 『메데이아』 등과 함께 현대 페미니즘 문학과 철학의 원형을 제시하는 주요 작품인데도, 그 중요성이 크게 부각되지 않은 점은 번역의 열등함에서 출발한다고 볼 수 있다. 언어학적·문화적·문학적, 그리고 번역학적 세밀함이 결여되었기에 번역 작품이 그 역할을 제대로 할 수 없었다. 대부분의 기존 번역이 일어·영어·독어판 등에 의존한 중역들이기 때문에 원전의 맛을 제대로 살리지 못한 까닭이기도 하다. 이에 고전학과 영문학, 번역학을 연구한 필자의 역할이 무엇보다 중요한 시점이 되었다. 모든 학문 발전의 출발은 정확하고 번역학적 고려가 잘 된 번역 작품이 토대가 되어야 한다. 이 책의 특징은 무엇보다 이러한 번역 가치를 중심에 둔 **원전** 그리스 비극 번역이라는 점이다.

대부분의 그리스 비극이 그런 것처럼, 이 작품 역시 호메로스(Homer)와 헤시오도스(Hesiod) 등에서 시작하는 신화에 토대를 두고 있고, 극작가·시인 등 여러 작가들의 다양한 장르를 거치며 신화가 변형·발전을 거듭했다. 그 가운데 그리스 비극 3대 작가에 의해 재현된 신화가 가장 뚜렷한 발자취를 남기는데, 디오뉘소스 신화에 관한 한 에우리피데스가 단연 으뜸이다. 근·현대 벌핀치(Thomas Bulfinch) 식의 단행본 신화서는 그리스 로마 시대에는 없었다는 점이 주목할 만한데, 신화는 그 자체가 생동하는 유기체로서 변형·생성을 거듭하는 문화이며 인류의 영적 발자취이다. 따라서 고전과 헬레니즘 시대에 걸쳐, 다양한 버전의 각기 다른 스토리가 시기에 따라 작품에 따라 달리 나타난다. 교양수업에서 종종 일어나는 오류처럼, 근대 이후의 단행본 식으로 신화를 고착시켜 사유하는 것은 학문적 관점에서 지양해야 한다. 어느 작품을 근거로 삼느냐에 따라 신화의 내용이 다르다는 점을 항상 기억해

주면 학문적 오류를 줄일 수 있겠다.

고전 그리스어 원전은 Loeb Library 판을 중심으로 했고, 다소 문제가 되는 구절은 옥스포드판 *Tragoediae Euripidis*를, 영역본은 Richmond Lattimore 판을 참조했다. 원전이 운문이기 때문에 가급적 운율법(meter by meter) 원칙을 따랐고, 시적 뉘앙스를 살리려 했다. 번역 유형은 의미와 문화번역의 대원칙인 "의미번역(sensum de sensu)"을 따라 원전의 의미를 손상하지 않는 범위 내에서 현대 독자들의 문화에 부합하는 번역을 원칙으로 했다. 하지만 모든 고유명사는 원어를 따라 표기했다. 가령, "아테네" "테베"는 "아테나이" "테바이"로 했는데, 이는 용어의 통일 원칙에 준거하고 있다.

아테네(아테나)는 여신 이름이며, 아테나이는 도시 이름이기 때문이다. 참고로, 이 작품 등장인물의 이름과 관련하여, 디오뉘소스 (박코스) 역시 원어식 표기법을 따르고 있다. 디오뉘소스 이름의 어원과 관련하여 "두 번 태어났다" "제우스의 아들"이라는 등의 떠도는 의견들이 있지만, 헬라어가 속하는 인도-유럽어족 (Indo-European Languages) 범주에서 어원학적으로 검증되지 않은 것임을 밝혀둔다. 디오뉘소스 신을 섬기는 신비 의식은 주로 인도-유럽어족에 속하는 이란 북부에서 터키에 이르는 아시아 지역에서 유행했으며, 차츰 고대 그리스와 로마로 유입된 것으로 보인다. 이런 유입 과정을 극화한 것이 바로 이 작품 『박카이』가 되었다. 이 신비 종교의 특징은 여성들을 대상으로 한 것이 가장 큰 특징이다. 물론 일부 노인과 아이들은 이들과 함께 축제에 동반한 것으로 보인다. 신비 의식이 진행되는 축제에는 날 것을 생식하고 와인과 춤에 취해 자유로움을 만끽했던 까닭에 박코스 신은 와인의 신 혹은 자유의 아버지(Liber Pater)라고 불리기도 한다.

펜테우스라는 이름의 의미는 이 작품의 내용 중에도 언급되는데(508), 그 이름이 연상시키는 단어는 "펜토스"(πένθος), 즉 고통, 슬픔이다. 그의 어머니 아가우에는 "고귀하다"라는 뜻을 가진 헬라어 "아가우오스"의 여성형인 "아가우에"를 쉽게 연상시키는 이름이다. 이처럼 고전 작품에 등장하는 인물들은 그 이름 자체에 의미가 부여된 경우들이 대부분이다. 이는 사람 이름뿐만 아니라 모든 고유 명사는 대체로 그러하다. 이것이 원칙적으로 고유 명사를 원어식으로 표기하는 이유이다. 그 대표적 예인 아테나이를 보면, 아테나(아테네)는 여신 이름이며 이 이름과 연계된 도시 이름이 바로 아테나이인 것을 생각하면 쉽게 이해될 것으로 보인다. 물론 영어식 표기인 Athens도 그 어원을 보이기에는 역부족이다. 그러므로 고전 언어의 고유 명사 표기는 원어를 원칙으로 하고 영어를 병기하므로 해서 보편성과 명확성을 확보하게 된다. 어원 번역과 관련하여 한 가지 더 부언하자면, 지금 필자가 쓰고 있는 이 글의 대부분 어휘는 한자이다. 그런데 그 어원인 한자를 잊어 가면 그 뜻도 함께 희미해져 간다. 복잡한 이론과 논쟁은 접어두고, 언어가 희미해지면 우리의 사고도 희미해진다는 것이 언어 철학의 기초가 아닌가? 언어문화 교육의 방향에 대해 다시 생각해보는 계기로 삼고 싶다.

그리스 비극은 플롯(plot)이 비교적 단순하므로, 현대 독자들에게 흥미 위주의 독서로 권유하기는 어렵다. 다양한 학문 원천으로 읽는 인문학적 가치에 초점이 맞추어져야 한다. 철학을 문학으로 옷 입혀놓은 것이 그리스 비극의 주요 특징임을 기억해야 한다. 따라서 인문학적 토대를 갖춘 독서 지도사나 교수의 독서 포인트를 좇아가는 독법이 추천된다. 작품을 통해 얻고자 하는 뚜렷한 테마를 설정한 후 긴 호흡으로 대사 하나 하나를 즐겨야 한다. 스토리나 플롯 위주의 독법에 익숙한 현대 독자들에게 대사 중심의 독법을 강요하기는 어렵다. 디지털 시대에 아날로그적 가치를 제대로 설명하는 오리엔테이션이 필요하다. 『이퀼리브리엄(equilibrium)』이라는 영화를 먼저 감상한 후 독서 포인트를 제시하는 것도 하나의 방법이다.

아울러 이 작품을 감상하는 포인트를 몇 가지 제시해 보고자 하는데, 앞서 간단히 스토리를 정리해 보자.

디오뉘소스 신이 자신을 경배하며 따르는 여인들, 즉 박카이들과 함께 축제를 벌이며 테바이 도시에 입성한다. 이 여인들은 동방 각지에서 그를 경배하며 몰려와 테바이의 키타이론 산에서 테바이 여인들과 함께 축제를 즐기고 있다. 이를 못마땅하게 여기며 감시하고 해체시키려는 테바이의 젊은 왕 펜테우스가 군사들을 출동시켜 놓은 상황이다. 막이 열리며 디오뉘소스가 등장하여 자신이 제우스 신의 아들이고, 어머니 세멜레에게서 태어났다고 말한다. 하지만 아가우에를 포함한 그의 이모들과 사촌 펜테우스는 자신의 신성을 부정하며 심지어 사생아 취급하고 모독하므로, 이것을 바로 잡고 증거 하고자 자신이 왔노라고 선포한다. 코로스가 등장하여 디오뉘소스 신을 찬양하며 춤을 추고, 뒤 이어 눈먼 예언자 테이레시아스가 등장하여 펜테우스의 할아버지 카드모스와 함께 키타이론 산으로 가서 축제에 동참하고자 한다. 이때 등장한 펜테우스가 이들을 보고 비난을 하지만, 예언자 테이레시아스는 이렇게 충고한다. "그대의 생각은 병든 것이니, 그것을 지혜라 생각하지 마시오"(311~12). 카드모스 역시 이렇게 타이른다. "비록, 네 말대로, 그분이 신이 아니더라도, 그렇게 부르도록 하거라, 이것은 영광스러운 거짓 일 테니"(333~34). 하지만 자신의 판단이 옳다고 고집하는 펜테우스는 오히려 화를 낸다. 이때 그의 부하가 등장하여 디오뉘소스를 끌고 왔다고 보고한다. 그가 전하는 바에 따르면, 군사들을 동원해 감금해 놓았던 박카이들이 모두 산으로 달아났다는 것이다. 보이지 않는 신령한 힘이 옥문을 열고 밧줄을 풀어 주었고, 그들이 붙잡아 온 이방인(디오뉘소스)은 스스로 묶임을 당해 주었다고 보고한다. 그는 이렇게 덧붙인다. "이 사람은 수많은 기적을 테바이 땅에 몰고 왔나이다. 왕께서는 나머지 일을 신중히 고려하심이 마땅한 줄 아뢰옵니다"(447~50). 잡혀 온 디오뉘소스는 심문하는 오만 불경한 펜테우스를 향해 이렇게 예언한다. "펜테우스, 당신 이름에 깃든 고통 (펜토스) 그것이 당신의 운명이구려"(508). 더욱 광분한 펜테우스는 그를 잡아 가두지만, 곧 신령한 힘으로 감옥이 있는 왕궁 전체를 불바다로 만들며 유유히 빠져나온다. 뒤따라 허겁지겁 쫓아온 펜테우스는 여전히 그 기적 같은 일들을 보고도 사실로 받아들이지 않고 불경하게 대든다. 이때 키타이론 산에서 급히 달려온 사자가 박카이들이 행한 엄청난 기적들과 의외의 질서정연함을 전해주고는 이렇게 간구한다. "왕이시여, 그분이 누구이든 간에, 신으로 이 도시에 맞아들이소서"(769~70). 이에 펜테우스는 박카이들에게 당한 수모를 당장 갚아주겠노라며 군사를 이끌고 출동하려 하지만, 박카이들의 비밀스런 모습을 몰래 보여주겠다며 유인하는 디오뉘소스의 계략에 걸려든다. "새들처럼 덤불 속에서 짝짓기를 하며 붙어있겠지"(957~58)라고 상상하며, 신령한 힘에 이끌린 펜테우스는 박카이처럼 여장을 한 채로 키타이론 산으로 향한다. (다음의 무대 밖(off-stage) 내용은 사자의 보고를 통해 전달된다.) 산에 도착하고, 몰래 엿보기 시작하지만, 숲에 가려 잘 볼 수 없다며 높은 전나무 꼭대기에 올려달라고 주문한다. 높이 올라가는 순간 박카이들에게 발각되고, 그들이 나무를 쓰러뜨리자 그는 바닥에 꼬꾸라진다. 그는 이들의 손에 갈기갈기 찢겨 처참하게 죽어가고, 그의 머리를 사자의 그것으로 생각한 박카이의 인솔자 아가우에(펜테우스의 어머니)는 튀르소스에 꽂아 개선장군 마냥 당당하게 테바이 성으로 돌아온다. (다시 무대 안에서 벌어지는 장면이다.) 손자의 시신을 수습해서 막 도착한 카드모스 앞에서 여전히 신령에 사로잡힌 아가우에는 자신의 전리품을 자랑한다. "세상에서 가장 훌륭한 딸들을 낳은 아버지께서는 크게 뽐내셔도 돼요"(1233~35). 이 참담한 광경에 카드모스는 말문이 막히지만, 아가우에가 제정신이 돌아오기를 바라며 대화를 나누고, 잠시 후 자신의 끔찍한 불운을 알아차린 아가우에는 오열한다. "디오뉘소스 신이 우리를 파멸시켰군요"(1296). 이에 대해 카드모스는 이렇게 응답한다. "오만불경의 능멸을 당하신 때문이지, 그분을 신으로 믿지 않았으니까"(1297). 아가우에와 카드모스는 신의 뜻을 좇아 각자 추방의 길을 떠나고, 코로스는 이렇게 마지막 대사를 남긴다. "신들은 우리의 생각을 넘어서 일을 성취하시지요"(1389).

1. 여성은 남성의 타자(the other)인가? 그 역은 어떠한가? 문화 유물론적 갈등의 시작과 끝은 어디인가? 문화 유물론적 페미니즘이 봉착한 한계는 무엇인가? 인간은 갈등하고 대립하며 파멸하는 그런 소망 없는 존재인가? 이 작품의 결말이 제시하는 의미는 무엇이며, 이 파멸과 고통을 통해 전해지는 비극 철학의 역설은 무엇인가? 2. 신성(divinity)이란 무엇인가? 신은 인간에게 무엇을 원하고, 박카이들은 무엇을 위해 키타이론 산에 모였는가? "우리의 생각을 넘어서 일을 성취하시는"(1389) 신은 칼 바르트(Karl Barth)식의 "전적 타자(wholly other)"인가? 아니면 우리의 삶에 함께 하는 '모습이 다양한'(1388) "인격"인가? 3. 악을 행한 자가 고통을 받는다는 보복정의(δρασαντι παθειν)를 펜테우스와 아가우에에게 적용하면, 이들은 어떤 악행을 저질렀는가? "오만 불경한 죄를 범했기 때문"(1347)이라고 디오뉘소스는 말한다. 여기서 오만(ὑβρις, hybris)과 인간 중심적 지식의 한계는 무엇인가? 4. 인간 이성과 판단을 앞세운 펜테우스의 집단 전체주의적 폭력에 저항하며, "권력이 인간 세상에서 힘을 행사한다고 우쭐거리지 말라"고 충고하는(310) 테이레시아스를 통해, 불의에 저항하지 않는 시민은 자유를 누릴 자격이 없다는 명제가 대두한다. 90% 이상의 표를 얻었던 히틀러는 스스로 독재자가 되었는가 아니면 중우정치의 산물인가? 집단 전체주의로 오염된 인간 이성은 어떤 문제

를 안고 있으며, 개별 인격주의 문화가 지향하는 인간 존엄과 생명의 원천은 무엇인가?

끝으로, 그 당시 노천 원형극장의 관객은 공포와 연민을 통해 무엇을 얻었을까? 인간의 본질적 고통과 깨달음은 무엇일까? 역사를 통해 배우지 않는 민족에게는 미래가 없다는 격언을 되뇌어 본다. 고전이 먼 나라의 먼 옛날이야기가 아니라, 현재를 살아가는 우리, 아니 나의 삶을 투영하는 동인으로 작동하길 소망한다. 또한 고통을 통해 지혜를 배운다는 역설의 비극정신이 값비싼 유희의 대상으로 전락하는 일이 없길 소망한다. Be Glory to My Lord!

디오뉘소스: 박코스 혹은 브로미오스라 불리는 환희와 축제의 신

(이방인: 인간의 모습을 한 디오뉘소스 신)

펜테우스: 테바이의 젊은 왕, 디오뉘소스 신을 거부하다 죽음

카드모스: 테바이의 시조, 펜테우스의 외조부

아가우에: 카드모스의 딸이며 펜테우스의 어머니

테이레시아스: 폭정에 저항하는 눈먼 예언자

부하: 펜테우스의 부하

사자: 키타이론 산에서 벌어진 일을 보고함

코로스: 동방에서 온 박코스 축제의 여인들

차 례

박카이

: 박코스 축제의 여인들

테바이의 펜테우스 왕궁 앞.

(디오뉘소스 신이 등장한다. 긴 곱슬머리의 여성스런 인간의 모습으로, 새끼사슴 가죽옷을 입고, 담쟁이 넝쿨이 감긴 지팡이 튀르소스를 손에 들고 있다)

디오뉘소스:
제우스 신의 아들인 나, 디오뉘소스가
고향 테바이 땅으로 왔노라.
카드모스의 딸 세멜레가 내 어머니이고,
번갯불이 내 산파였노라.

Βακχαι

Διόνυσος

ἥκω Διὸς παῖς τήνδε Θηβαίων χθόνα

Διόνυσος, ὃν τίκτει ποθ᾽ ἡ Κάδμου κόρη

Σεμέλη λοχευθεῖσ᾽ ἀστραπηφόρῳ πυρί:

신의 모습을 감추고 인간의 모습으로,
디르케 강과 이스메노스 강가에 섰노라.   5

궁전 근처에 있는,
제우스 신의 번갯불에 타 죽은
내 어머니의 무덤과
내 어머니 집의 잔해를 바라보노니,
제우스 신의 불꽃이 아직도 연기를 피우며
영원히 꺼지지 않는 화염으로
헤라 여신의 오만을 증거하도다.

카드모스를 칭송하노니,   10
그는 딸의 묘역인 이곳을 성화하였노라.
그리고 나는 이 성역을 포도 넝쿨로 둘러쳐,
포도송이가 주렁주렁 열리게 하였도다.

황금의 땅 뤼디아와 프뤼기아를 떠나,
태양이 작렬하는 페르시아 고지평원,
박트리아의 성벽, 거친 땅 메디아,   15

μορφὴν δ' ἀμείψας ἐκ θεοῦ βροτησίαν

πάρειμι Δίρκης νάματ' Ἰσμηνοῦ θ' ὕδωρ. 5

ὁρῶ δὲ μητρὸς μνῆμα τῆς κεραυνίας

τόδ' ἐγγὺς οἴκων καὶ δόμων ἐρείπια

τυφόμενα Δίου πυρὸς ἔτι ζῶσαν φλόγα,

ἀθάνατον Ἥρας μητέρ' εἰς ἐμὴν ὕβριν.

αἰνῶ δὲ Κάδμον, ἄβατον ὃς πέδον τόδε 10

τίθησι, θυγατρὸς σηκόν· ἀμπέλου δέ νιν

πέριξ ἐγὼ 'κάλυψα βοτρυώδει χλόη.

λιπὼν δὲ Λυδῶν τοὺς πολυχρύσους γύας

Φρυγῶν τε, Περσῶν θ' ἡλιοβλήτους πλάκας

Βάκτριά τε τείχη τήν τε δύσχιμον χθόνα 15

복된 땅 아리비아,

바다를 끼고

아름다운 성탑들이 즐비한 도시가 있는,

헬라인과 이방인들이 함께 어울려 사는,

동방의 모든 땅을 두루 다녔노라.

그곳에서 인간들에게   20

내가 신이라는 것을 알도록,

춤과 신비한 제의을 베풀고,

이제 헬라인들의 도시로 왔노라.

맨 먼저 테바이가 축제의 환호를 울리게 하고,

새끼사슴의 가죽옷을 걸치고,

손에는 담쟁이 넝쿨이 감긴

제의의 지팡이 튀르소스를 들게 했노라.   25

Μήδων ἐπελθὼν Ἀραβίαν τ᾿ εὐδαίμονα

Ἀσίαν τε πᾶσαν, ἣ παρ᾿ ἁλμυρὰν ἅλα

κεῖται μιγάσιν Ἕλλησι βαρβάροις θ᾿ ὁμοῦ

πλήρεις ἔχουσα καλλιπυργώτους πόλεις,

ἐς τήνδε πρῶτον ἦλθον Ἑλλήνων πόλιν,   20

τἀκεῖ χορεύσας καὶ καταστήσας ἐμὰς

τελετάς, ἵν᾿ εἴην ἐμφανὴς δαίμων βροτοῖς.

πρώτας δὲ Θήβας τῆσδε γῆς Ἑλληνίδος

ἀνωλόλυξα, νεβρίδ᾿ ἐξάψας χροὸς

θύρσον τε δοὺς ἐς χεῖρα, κίσσινον βέλος·   25

내 이모들이, 결코 그래서는 안 되는,
그들이 이렇게 주장하지.
내가 제우스 신의 아들이 아니라,
내 어머니 세멜레가 한 남자와 바람이 났고,
그 오명을 감추려는 카드모스의 간계를 따라,
제우스 신의 아들이라고
거짓말을 했기 때문에 내 어머니가   30
벼락을 맞아 죽었다고 떠벌린단 말이지.

그래서 그 이모들을 광기로 사로잡아,
집에서 끌어내 산 속에 살게 하고,
나의 제의에 합당한 옷을 입게 했지.
모든 카드모스의 딸들, 모든 여자들이   35
미쳐서 집을 뛰쳐나가게 했지.
그들은 카드모스의 딸들과 하나가 되어
푸른 전나무 아래 바위에 앉아 있지.

박코스 축제의 신비를 영접하지 않은
이곳 테바이 사람들은, 원치 않더라도,
알아야 해.   40

ἐπεί μ᾽ ἀδελφαὶ μητρός, ἃς ἥκιστα χρῆν,

Διόνυσον οὐκ ἔφασκον ἐκφῦναι Διός,

Σεμέλην δὲ νυμφευθεῖσαν ἐκ θνητοῦ τινος

ἐς Ζῆν᾽ ἀναφέρειν τὴν ἁμαρτίαν λέχους,

Κάδμου σοφίσμαθ᾽, ὧν νιν οὕνεκα κτανεῖν   30

Ζῆν᾽ ἐξεκαυχῶνθ᾽, ὅτι γάμους ἐψεύσατο.

τοιγάρ νιν αὐτὰς ἐκ δόμων ᾤστρησ᾽ ἐγὼ

μανίαις, ὄρος δ᾽ οἰκοῦσι παράκοποι φρενῶν:

σκευήν τ᾽ ἔχειν ἠνάγκασ᾽ ὀργίων ἐμῶν,

καὶ πᾶν τὸ θῆλυ σπέρμα Καδμείων, ὅσαι   35

γυναῖκες ἦσαν, ἐξέμηνα δωμάτων:

ὁμοῦ δὲ Κάδμου παισὶν ἀναμεμειγμέναι

χλωραῖς ὑπ᾽ ἐλάταις ἀνορόφοις ἧνται πέτραις.

δεῖ γὰρ πόλιν τήνδ᾽ ἐκμαθεῖν, κεἰ μὴ θέλει,

ἀτέλεστον οὖσαν τῶν ἐμῶν βακχευμάτων,   40

내가 제우스 신의 아들임을
사람들에게 드러내 보임으로써,
내 어머니 세멜레를 변론하고자 함이라.

카드모스는 그의 영예와 권력을
외손자인 펜테우스에게 물려주었는데,
그자는 나의 신성에 도전하며   45
제주를 바치는 의식도 거부하고,
기도할 때도 내 이름을 부르지 않아.

그래서 나는 그자와 모든 테바이 시민들에게
내가 신이라는 것을 보여주려 하지.
이곳에서 그 일을 마치고 나면,
다른 나라로 가서
그곳에서도 나의 신성을 나타낼 것이네.   50

그런데 만약 테바이 도시가 격분하며
무력으로 박카이들을 산에서 내쫓으려한다면,
나는 박카이들을 이끌고 맞서 싸울 것이네.

Σεμέλης τε μητρὸς ἀπολογήσασθαί μ᾽ ὕπερ

φανέντα θνητοῖς δαίμον᾽ ὃν τίκτει Διί.

Κάδμος μὲν οὖν γέρας τε καὶ τυραννίδα

Πενθεῖ δίδωσι θυγατρὸς ἐκπεφυκότι,

ὃς θεομαχεῖ τὰ κατ᾽ ἐμὲ καὶ σπονδῶν ἄπο   45

ὠθεῖ μ᾽, ἐν εὐχαῖς τ᾽ οὐδαμοῦ μνείαν ἔχει.

ὧν οὕνεκ᾽ αὐτῷ θεὸς γεγὼς ἐνδείξομαι

πᾶσίν τε Θηβαίοισιν. ἐς δ᾽ ἄλλην χθόνα,

τἀνθένδε θέμενος εὖ, μεταστήσω πόδα,

δεικνὺς ἐμαυτόν: ἢν δὲ Θηβαίων πόλις   50

ὀργῇ σὺν ὅπλοις ἐξ ὄρους βάκχας ἄγειν

ζητῇ, ξυνάψω μαινάσι στρατηλατῶν.

그 때문에, 나는 인간의 모습으로 변신하여,

이렇게 한 인간으로 왔노라.

나와 함께 뤼디아의 산성인 트몰로스 산을   55

떠나온 여인들, 나의 동반자, 그들을

내가 이방 땅에서 이곳까지 인도했노라.

여인들이여, 팀파니 북을 울려라!

레아 여신과 나의 발명품,

프뤼기아의 토착 악기인 팀파니 북을

펜테우스 왕궁을 돌며 울려라,   60

그리하여 테바이 시민 모두가 보게 하라!

나는 박카이들이 있는

키타이론 산골짜기로 가서

그들과 함께 춤을 추리라.

(디오뉘소스가 퇴장하며, 동방에서 온 박카이들로 구성된 코로스
가 등장한다. 디오뉘소스와 같은 복장을 하고 춤을 추며 들어온
다. 팀파니 북을 비롯한 다양한 악기를 동반한다)

ὧν οὕνεκ᾽ εἶδος θνητὸν ἀλλάξας ἔχω
μορφήν τ᾽ ἐμὴν μετέβαλον εἰς ἀνδρὸς φύσιν.

ἀλλ᾽, ὦ λιποῦσαι Τμῶλον ἔρυμα Λυδίας,   55
θίασος ἐμός, γυναῖκες, ἃς ἐκ βαρβάρων
ἐκόμισα παρέδρους καὶ ξυνεμπόρους ἐμοί,
αἴρεσθε τἀπιχώρι᾽ ἐν πόλει Φρυγῶν
τύμπανα, Ῥέας τε μητρὸς ἐμά θ᾽ εὑρήματα,
βασίλειά τ᾽ ἀμφὶ δώματ᾽ ἐλθοῦσαι τάδε   60
κτυπεῖτε Πενθέως, ὡς ὁρᾷ Κάδμου πόλις.
ἐγὼ δὲ βάκχαις, ἐς Κιθαιρῶνος πτυχὰς
ἐλθὼν ἵν᾽ εἰσί, συμμετασχήσω χορῶν.

코로스:

동방의 신성한 트몰로스 산을 떠나,   65

수고와 고생도 즐거운 마음으로

박코스 신 디오뉘소스를 찬양하며,

여기까지 한걸음으로 따라 왔노라.

길을 막는 자 누구인가,

길을 막는 자 누구인가?

길을 비키시오,

경건한 입술로 찬양할 지어다.   70

나는 영원무궁토록

디오뉘소스 신을 찬양하리로다.

복 있는 자는,

은혜를 입어

신성한 비밀을 아노니,

거룩한 삶을 살 것이며,   75

박코스 제의에 참예할 것이요,

정결함으로 신령한 춤을 출 것이로다.

Χορός

Ἀσίας ἀπὸ γᾶς

ἱερὸν Τμῶλον ἀμείψασα θοάζω   65

Βρομίῳ πόνον ἡδὺν

κάματόν τ᾽ εὐκάματον, Βάκ-

χιον εὐαζομένα.

τίς ὁδῷ τίς ὁδῷ; τίς;

μελάθροις ἔκτοπος ἔστω, στόμα τ᾽ εὔφη-

μον ἅπας ἐξοσιούσθω: 70

τὰ νομισθέντα γὰρ αἰεὶ

Διόνυσον ὑμνήσω.

ὦ

μάκαρ, ὅστις εὐδαίμων

τελετὰς θεῶν εἰδὼς

βιοτὰν ἁγιστεύει καὶ

θιασεύεται ψυχὰν   75

ἐν ὄρεσσι βακχεύων

ὁσίοις καθαρμοῖσιν,

프뤼기아의 여신 퀴벨레의
제의에 참예하고,
담쟁이 넝쿨 화환을 쓰고,   80
튀르소스 지팡이를 흔들며
디오뉘소스 신을 섬기는 자는
복이 있도다.

가자, 박카이들이여, 가자, 박카이들이여,
신의 아들, 디오뉘소스를,   85
프뤼기아의 산에서
이 헬라스 땅 넓은 거리로
모셔 들이러 가자.

디오뉘소스 신은,
예기치 않은,
강요된 산고로 태어났으니,   90
번갯불을 맞아
그 어머니의 자궁에서
내동댕이쳐졌노라.

τά τε ματρὸς μεγάλας ὄρ-

για Κυβέλας θεμιτεύων,

ἀνὰ θύρσον τε τινάσσων,   80

κισσῷ τε στεφανωθεὶς

Διόνυσον θεραπεύει.

ἴτε βάκχαι, ἴτε βάκχαι,

Βρόμιον παῖδα θεὸν θεοῦ

Διόνυσον κατάγουσαι   85

Φρυγίων ἐξ ὀρέων Ἑλ-

λάδος εἰς εὐρυχόρους ἀ-

γυιάς, τὸν Βρόμιον:

ὅν

ποτ᾽ ἔχουσ᾽ ἐν ὠδίνων

λοχίαις ἀνάγκαισι

πταμένας Διὸς βροντᾶς νη-   90

δύος ἔκβολον μάτηρ

ἔτεκεν, λιποῦσ᾽ αἰῶ-

να κεραυνίῳ πληγᾷ:

크로노스의 아들이신 제우스 신께서는

즉시 그를 은밀히 보호하셨으니,　　　　　　　　95

자신의 허벅지에 담으시고

황금 걸쇠로 채우사,

헤라의 눈을 피하셨도다.

운명의 여신들이

그의 달수를 채우게 하사　　　　　　　　　100

세상에 나오시니,

황소 뿔이 달렸더라.

제우스 신께서

그에게 뱀의 왕관을 씌우니,

이런 연고로, 박카이들은

그들이 잡은 뱀을

머리에 두르는도다.

λοχίοις δ' αὐτίκα νιν δέ-

ξατο θαλάμαις Κρονίδας Ζεύς, 95

κατὰ μηρῷ δὲ καλύψας

χρυσέαισιν συνερείδει

περόναις κρυπτὸν ἀφ' Ἥρας.

ἔτεκεν δ', ἁνίκα Μοῖραι

τέλεσαν, ταυρόκερων θεὸν 100

στεφάνωσέν τε δρακόντων

στεφάνοις, ἔνθεν ἄγραν θη-

ροτρόφον μαινάδες ἀμφι-

βάλλονται πλοκάμοις.

오, 테바이여, 세멜레의 고향이여,   105

달콤한 열매 맺는 주목나무가

푸르러 번성할지니,

담쟁이 넝쿨 화환을 쓰고,

참나무와 전나무 가지를 들고

박코스 축제의 환성을 울려라.   110

얼룩무늬 새끼사슴 가죽옷에

흰 양모로 짠 장식 술을 달고,

신성한 지팡이 튀르소스를 흔들며

박코스 축제로 나아오라.

온 땅이 춤추며 나아오리니,

신성한 무리를 인도하시는 이는

디오뉘소스 신이로다.   115

산으로, 산으로 나아오라!

그곳에서 여인들의 무리가 기다리나니,

디오뉘소스 신이 그들을

베 짜는 일에서 해방시켰음이라.

ὦ Σεμέλας τροφοὶ Θῆ-   105

βαι, στεφανοῦσθε κισσῷ·

βρύετε βρύετε χλοήρει

μίλακι καλλικάρπῳ

καὶ καταβακχιοῦσθε δρυὸς

ἢ ἐλάτας κλάδοισι,   110

στικτῶν τ᾽ ἐνδυτὰ νεβρίδων

στέφετε λευκοτρίχων πλοκάμων

μαλλοῖς· ἀμφὶ δὲ νάρθηκας ὑβριστὰς

ὁσιοῦσθ᾽· αὐτίκα γᾶ πᾶσα χορεύσει--

Βρόμιος ὅστις ἄγῃ θιάσους--   115

εἰς ὄρος εἰς ὄρος, ἔνθα μένει

θηλυγενὴς ὄχλος

ἀφ᾽ ἱστῶν παρὰ κερκίδων τ᾽

οἰστρηθεὶς Διονύσῳ.

레아의 여시종 쿠레테스들이

제우스 신을 은밀히 양육했던,   120

신성한 크레테 섬의 동굴,

그곳에서 삼중 투구를 쓴

무장 가무단 코뤼반테스가

가죽으로 둥근 팀파니 북을 만들었다네.   125

프뤼기아의 감미로운 피리와 어울려

축제의 열광을 돋우려고,

그것을 레아 여신께 바쳤는데,

이제 광란의 사튀로스들이

그것을 받아 들고 두드리며,   130

디오뉘소스 신을 경배하는 축제에서

춤에 맞추어 흥을 더한다네.

디오뉘소스 신은 박카이들과 함께

산기슭에서 춤추고 뛰며,   135

땅바닥을 뒹굴며 즐거워하시도다.

새끼사슴 가죽옷을 입고,

염소를 사냥하고, 날고기를 먹으며,

ὦ θαλάμευμα Κουρή-   120

των ζάθεοί τε Κρήτας

Διογενέτορες ἔναυλοι,

ἔνθα τρικόρυθες ἄντροις

βυρσότονον κύκλωμα τόδε

μοι Κορύβαντες ηὗρον: 125

βακχείᾳ δ᾽ ἀνὰ συντόνῳ

κέρασαν ἁδυβόᾳ Φρυγίων

αὐλῶν πνεύματι ματρός τε Ῥέας ἐς

χέρα θῆκαν, κτύπον εὐάσμασι Βακχᾶν:

παρὰ δὲ μαινόμενοι Σάτυροι   130

ματέρος ἐξανύσαντο θεᾶς,

ἐς δὲ χορεύματα

συνῆψαν τριετηρίδων,

αἷς χαίρει Διόνυσος.

ἡδὺς ἐν ὄρεσιν, ὅταν ἐκ θιάσων δρομαί-   135

ων πέσῃ πεδόσε, νε-

βρίδος ἔχων ἱερὸν ἐνδυτόν, ἀγρεύων

αἷμα τραγοκτόνον, ὠμοφάγον χάριν, ἱέμε-

동방의 프뤼기아와 뤼디아의 산으로

내달리시는 그분은   140

박카이들의 인도자이시도다.

에우오이!

대지는 젖과 포도주,

꿀이 넘쳐흐르도다.

쉬리아산 유향 연기처럼   145

불꽃이 타오르는

소나무 횃불을 들고,

긴 머릿결 바람에 날리며,

박카이들과 함께 내달리며 춤추고,

소리를 높여 흥을 돋우도다.   150

박카이들의 환성 가운데,

그분 목소리 우렁차도다.

자, 가자, 박카이들이여,

자, 가자, 박카이들이여,

황금의 산 트몰로스의 자랑스런 딸들이여,

팀파니 북소리에 맞추어   155

νος ἐς ὄρεα Φρύγια, Λύδι᾿,

ὁ δ᾿ ἔξαρχος Βρόμιος, 140

εὐοῖ.

ῥεῖ δὲ γάλακτι πέδον,

ῥεῖ δ᾿ οἴνῳ, ῥεῖ δὲ μελισσᾶν

νέκταρι.

Συρίας δ᾿ ὡς λιβάνου κα-

πνὸν ὁ Βακχεὺς ἀνέχων 145

πυρσώδη φλόγα πεύκας

ἐκ νάρθηκος ἀίσσει

δρόμῳ καὶ χοροῖσιν

πλανάτας ἐρεθίζων

ἰαχαῖς τ᾿ ἀναπάλλων,

τρυφερόν τε πλόκαμον εἰς αἰθέρα ῥίπτων. 150

ἅμα δ᾿ εὐάσμασι τοιάδ᾿ ἐπιβρέμει·

Ὦ ἴτε βάκχαι,

ὦ ἴτε βάκχαι,

Τμώλου χρυσορόου χλιδᾷ

μέλπετε τὸν Διόνυσον 155

디오뉘소스 신을 찬양할지어다,

기쁨으로 영광돌리며

프뤼기아 식으로 외치며

소리 높여 경배할지어다.

감미롭고 신성한 피리소리가   160

흥겨운 곡조로 울리니,

산으로,

산으로

달려가는 박카이들이

그에 화답하도다.   165

풀을 뜯는 어미 곁의

망아지처럼,

박카이들이 가벼운 발로

껑충대며 춤을 춘다네.

(눈먼 예언자 테이레시아스 등장. 박카이들의 복장과 담쟁이 화
관을 하고, 튀르소스 지팡이를 들고 있다)

βαρυβρόμων ὑπὸ τυμπάνων,

εὖια τὸν εὖιον ἀγαλλόμεναι θεὸν

ἐν Φρυγίαισι βοαῖς ἐνοπαῖσί τε,

λωτὸς

ὅταν εὐκέλαδος   160

ἱερὸς ἱερὰ παίγματα βρέμῃ,

σύνοχα

φοιτάσιν

εἰς ὄρος

εἰς ὄρος: ἡδομέ-   165

να δ᾽ ἄρα,

πῶλος ὅπως ἅμα ματέρι

φορβάδι, κῶλον ἄγει

ταχύπουν σκιρτήμασι βάκχα.

테이레시아스:

문간에 선 자가 누구시오?

집 안에서 아게노르의 아들인   170

카드모스를 불러주오.

그는 일찍이 페니키아의 도시 시돈을 떠나와

이곳 테바이의 성채를 세운 분이지요.

테이레시아스가 그분을 찾는다고

누가 가서 전해주오.

왜 내가 왔는지, 우리 노인네들끼리   175

약속한 바를 아실 것이오.

튀르소스 지팡이를 장식하고,

새끼사슴 가죽옷을 입고,

담쟁이 화관을 쓸 것이라오.

(카드모스 등장. 테이레시아스와 차림새가 같다)

Τειρεσίας

τίς ἐν πύλαισι; Κάδμον ἐκκάλει δόμων,   170

Ἀγήνορος παῖδ᾽, ὃς πόλιν Σιδωνίαν

λιπὼν ἐπύργωσ᾽ ἄστυ Θηβαίων τόδε.

ἴτω τις, εἰσάγγελλε Τειρεσίας ὅτι

ζητεῖ νιν: οἶδε δ᾽ αὐτὸς ὧν ἥκω πέρι

ἅ τε ξυνεθέμην πρέσβυς ὢν γεραιτέρῳ,   175

θύρσους ἀνάπτειν καὶ νεβρῶν δορὰς ἔχειν

στεφανοῦν τε κρᾶτα κισσίνοις βλαστήμασιν.

카드모스:

내 오랜 친구여,

집 안에서 그대의 목소리,

지혜로운 이의 음성을 알아듣고

이렇게 박카이 차림을 하고 나왔소.   180

나의 외손자인 디오뉘소스,

신으로 오신 그분을

힘껏 찬양하리로다.

어디로 가서, 백발을 흔들며

춤을 추어야 하는지 안내하시구려.   185

테이레시아스여, 그대는 노인이지만

현자이니, 이 늙은이를 인도해주오.

튀르소스 지팡이로 밤낮없이

땅을 쳐도 곤비치 않으리니,

내 늙은 나이를 잊도록

기쁨이 넘치구려.

Κάδμος

ὦ φίλταθ᾽, ὡς σὴν γῆρυν ᾐσθόμην κλύων

σοφὴν σοφοῦ παρ᾽ ἀνδρός, ἐν δόμοισιν ὤν:

ἥκω δ᾽ ἕτοιμος τήνδ᾽ ἔχων σκευὴν θεοῦ: 180

δεῖ γάρ νιν ὄντα παῖδα θυγατρὸς ἐξ ἐμῆς

Διόνυσον ὃς πέφηνεν ἀνθρώποις θεὸς

ὅσον καθ᾽ ἡμᾶς δυνατὸν αὔξεσθαι μέγαν.

ποῖ δεῖ χορεύειν, ποῖ καθιστάναι πόδα

καὶ κρᾶτα σεῖσαι πολιόν; ἐξηγοῦ σύ μοι   185

γέρων γέροντι, Τειρεσία: σὺ γὰρ σοφός.

ὡς οὐ κάμοιμ᾽ ἂν οὔτε νύκτ᾽ οὔθ᾽ ἡμέραν

θύρσῳ κροτῶν γῆν: ἐπιλελήσμεθ᾽ ἡδέως

γέροντες ὄντες.

테이레시아스:

나 또한 그렇소이다.

젊음이 생동하니,

춤이 절로 나겠구려.   190

카드모스:

자, 마차를 타고 산으로 갈까요?

테이레시아스:

마차를 타고 가면,

신의 영광을 가릴까 두렵구려.

카드모스:

내 비록 노인이지만,

노인인 그대를 인도하리다.

테이레시아스:

신께서 우리를 별 어려움 없이

거기로 인도하실 것입니다.

Τειρεσίας

ταῦτ᾽ ἐμοὶ πάσχεις ἄρα·

κἀγὼ γὰρ ἡβῶ κἀπιχειρήσω χοροῖς. 190

Κάδμος

οὐκοῦν ὄχοισιν εἰς ὄρος περάσομεν;

Τειρεσίας

ἀλλ᾽ οὐχ ὁμοίως ἂν ὁ θεὸς τιμὴν ἔχοι.

Κάδμος

γέρων γέροντα παιδαγωγήσω σ᾽ ἐγώ.

Τειρεσίας

ὁ θεὸς ἀμοχθὶ κεῖσε νῷν ἡγήσεται.

카드모스:

신께 영광 돌리며 춤추는 이가

이 도시에서 우리뿐이오? 195

테이레시아스:

저들 모두는 악하고,

우리가 올바른 거죠.

카드모스:

너무 지체한 것 같구려,

자, 내 손을 잡으시오.

테이레시아스:

자, 잡으시오.

내 손을 꼭 붙드시오.

카드모스:

필멸의 존재인 인간이

신을 업신여겨서는 안 되는 법.

Κάδμος

μόνοι δὲ πόλεως Βακχίῳ χορεύσομεν;   195

Τειρεσίας

μόνοι γὰρ εὖ φρονοῦμεν, οἱ δ᾽ ἄλλοι κακῶς.

Κάδμος

μακρὸν τὸ μέλλειν: ἀλλ᾽ ἐμῆς ἔχου χερός.

Τειρεσίας

ἰδού, ξύναπτε καὶ ξυνωρίζου χέρα.

Κάδμος

οὐ καταφρονῶ 'γὼ τῶν θεῶν θνητὸς γεγώς.

테이레시아스:

우리 인간의 지혜로

신들과 견줄 수 없는 법이지요.   200

심오한 철학으로 지혜를 짜낸다 하더라도,

우리 조상대대의 전통과

우리 삶의 관습을

어떤 논리가 무너뜨릴 수는 없지요.

노인네가 담쟁이 화관을 쓰고

춤을 추러 간다면,

창피하지 않느냐고 하는데,   205

결코 아니지요.

신께서는 젊은이나 노인이나

춤을 추는데 차별을 두지 않으시지요.

누구도 예외 없이,

모든 이가 경배하며 찬양하기를

원하시지요.

(저만치서 펜테우스와 시종들이 오고 있다)

Τειρεσίας

οὐδὲν σοφιζόμεσθα τοῖσι δαίμοσιν.	200

πατρίους παραδοχάς, ἅς θ᾽ ὁμήλικας χρόνῳ

κεκτήμεθ᾽, οὐδεὶς αὐτὰ καταβαλεῖ λόγος,

οὐδ᾽ εἰ δι᾽ ἄκρων τὸ σοφὸν ηὕρηται φρενῶν.

ἐρεῖ τις ὡς τὸ γῆρας οὐκ αἰσχύνομαι,

μέλλων χορεύειν κρᾶτα κισσώσας ἐμόν;	205

οὐ γὰρ διήρηχ᾽ ὁ θεός, οὔτε τὸν νέον

εἰ χρὴ χορεύειν οὔτε τὸν γεραίτερον,

ἀλλ᾽ ἐξ ἁπάντων βούλεται τιμὰς ἔχειν

κοινάς, διαριθμῶν δ᾽ οὐδέν᾽ αὔξεσθαι θέλει.

카드모스:

테이레시아스여, 그대는 빛을 보지 못하니,　　　　　210

내가 말로 설명을 해주겠소.

내가 왕위를 물려준 펜테우스,

에키온의 아들인 그가 지금

서둘러 집으로 오고 있구려.

몹시 흥분해 있는데,

무슨 소식을 전하려는지?

(펜테우스 등장. 아직 그들을 알아보지 못한다)

펜테우스:

이 나라를 떠나 출타 중에,　　　　　215

좋지 않은 소식을 들었소.

여인네들이 집을 떠나 산속으로 달려가,

디오뉘소스 신인지 뭔지에 속아서

춤을 추며 제의를 벌이고,

숭배한다는 것이오.　　　　　220

Κάδμος

ἐπεὶ σὺ φέγγος, Τειρεσία, τόδ᾽ οὐχ ὁρᾷς,   210

ἐγὼ προφήτης σοι λόγων γενήσομαι.

Πενθεὺς πρὸς οἴκους ὅδε διὰ σπουδῆς περᾷ,

Ἐχίονος παῖς, ᾧ κράτος δίδωμι γῆς.

ὡς ἐπτόηται· τί ποτ᾽ ἐρεῖ νεώτερον;

Πενθεύς

ἔκδημος ὢν μὲν τῆσδ᾽ ἐτύγχανον χθονός,   215

κλύω δὲ νεοχμὰ τήνδ᾽ ἀνὰ πτόλιν κακά,

γυναῖκας ἡμῖν δώματ᾽ ἐκλελοιπέναι

πλασταῖσι βακχείαισιν, ἐν δὲ δασκίοις

ὄρεσι θοάζειν, τὸν νεωστὶ δαίμονα

Διόνυσον, ὅστις ἔστι, τιμώσας χοροῖς·   220

그들이 모인 집회장 한 가운데는
포도주 통이 놓여있고,
사내들과 은밀한 잠자리를 찾고,
박코스 신을 숭배한다고 주장하지만,
실은 아프로디테를 더 숭배한다고 하오.   225

내가 그들을 체포하는 대로,
내 부하들이 손을 묶어 감옥에 처넣었고,
못 잡은 이들은 곧 잡아올 것이오.
내 어머니 아가우에와 그 자매들인
이노, 아우토노에 말이오.   230
쇠사슬로 그들을 꽁꽁 묶어서,
이 사악한 축제를 곧 끝장내겠소.

또한 내가 듣기로는,
어떤 이방인이 뤼디아에서 왔는데,
주술과 마술을 부리며,
곱슬머리 금발에 향내를 품고,   235
와인 빛 눈에는 아프로디테의 교태를
품고 있다 하오.

πλήρεις δὲ θιάσοις ἐν μέσοισιν ἑστάναι

κρατῆρας, ἄλλην δ᾽ ἄλλοσ᾽ εἰς ἐρημίαν

πτώσσουσαν εὐναῖς ἀρσένων ὑπηρετεῖν,

πρόφασιν μὲν ὡς δὴ μαινάδας θυοσκόους,

τὴν δ᾽ Ἀφροδίτην πρόσθ᾽ ἄγειν τοῦ Βακχίου.   225

ὅσας μὲν οὖν εἴληφα, δεσμίους χέρας

σῴζουσι πανδήμοισι πρόσπολοι στέγαις:

ὅσαι δ᾽ ἄπεισιν, ἐξ ὄρους θηράσομαι,

Ἰνώ τ᾽ Ἀγαύην θ᾽, ἥ μ᾽ ἔτικτ᾽ Ἐχίονι,

Ἀκταίονός τε μητέρ᾽, Αὐτονόην λέγω.   230

καὶ σφᾶς σιδηραῖς ἁρμόσας ἐν ἄρκυσιν

παύσω κακούργου τῆσδε βακχείας τάχα.

λέγουσι δ᾽ ὥς τις εἰσελήλυθε ξένος,

γόης ἐπῳδὸς Λυδίας ἀπὸ χθονός,

ξανθοῖσι βοστρύχοισιν εὐοσμῶν κόμην,   235

οἰνῶπας ὄσσοις χάριτας Ἀφροδίτης ἔχων,

그는 밤낮 젊은 여인들과 함께 하며
신비한 제의로 그들을 열광케 한다 하오.

그를 잡아 이 집 안으로 끌고 오면,
튀르소스 지팡이를 치지 못하게,
머리를 흔들어 대지 못하게   240
그의 목을 잘라버리겠소.

그자가 주장하는 바,
디오뉘소스는 신이며,
제우스 신의 허벅지에 봉합된 채
감추어졌다고 하는데,
실은, 그 모친이 제우스 신의 아이를 가졌다고
거짓말을 했기 때문에,
함께 번갯불에 타죽었단 말이오.   245

이러하니, 그 이방인이 누구든 간에,
그토록 오만불경하게 군다면
목을 매달아야 마땅하지 않겠소?

ὃς ἡμέρας τε κεὐφρόνας συγγίγνεται

τελετὰς προτείνων εὐίους νεάνισιν.

εἰ δ᾽ αὐτὸν εἴσω τῆσδε λήψομαι στέγης,

παύσω κτυποῦντα θύρσον ἀνασείοντά τε   240

κόμας, τράχηλον σώματος χωρὶς τεμών.

ἐκεῖνος εἶναί φησι Διόνυσον θεόν,

ἐκεῖνος ἐν μηρῷ ποτ᾽ ἐρράφθαι Διός,

ὃς ἐκπυροῦται λαμπάσιν κεραυνίαις

σὺν μητρί, Δίους ὅτι γάμους ἐψεύσατο.   245

ταῦτ᾽ οὐχὶ δεινῆς ἀγχόνης ἔστ᾽ ἄξια,

ὕβρεις ὑβρίζειν, ὅστις ἔστιν ὁ ξένος;

(이제야 카드모스와 테이레시아스를 알아보며)

그런데, 이건 대체 무슨 일이오?
예언자 테이레시아스와 내 외조부께서
얼룩무늬 새끼사슴 가죽옷을 입고,
정말 우스꽝스럽게도,
튀르소스 지팡이를 들고   250
박코스 제의에 동참하다니요!

(카드모스에게)

그런 연세에 지각없이 행동하시니
보기에 민망합니다, 할아버지.
담쟁이 화관을 벗으시고,
튀르소스 지팡이를 손에서 놓으세요.

테이레시아스, 그대가 이렇게 종용했구려.   255
새로운 신을 끌어들이고,
새를 통해 징조를 읽고,

ἀτὰρ τόδ᾽ ἄλλο θαῦμα, τὸν τερασκόπον

ἐν ποικίλαισι νεβρίσι Τειρεσίαν ὁρῶ

πατέρα τε μητρὸς τῆς ἐμῆσ--πολὺν γέλων--   250

νάρθηκι βακχεύοντ᾽: ἀναίνομαι, πάτερ,

τὸ γῆρας ὑμῶν εἰσορῶν νοῦν οὐκ ἔχον.

οὐκ ἀποτινάξεις κισσόν; οὐκ ἐλευθέραν

θύρσου μεθήσεις χεῖρ᾽, ἐμῆς μητρὸς πάτερ;

σὺ ταῦτ᾽ ἔπεισας, Τειρεσία: τόνδ᾽ αὖ θέλεις   255

τὸν δαίμον᾽ ἀνθρώποισιν ἐσφέρων νέον

σκοπεῖν πτερωτοὺς κἀμπύρων μισθοὺς φέρειν.

제물을 통해 이득을 보려는 속셈인가요?

사악한 신비의식을 전파한 죄로,

박카이들과 같이 사슬에 묶어 둘 텐데,

노인이라 봐주는 줄 아시오.　　　　　　　　　　260

그리고 축제에서

여인들이 포도주에 취해

환희에 사로잡힌다면,

그 제의는 결코 건전한 것이 못된단 말이오.

코로스:

불경하구려! 그대는 어찌

신들을 경외하지 않고,

용의 이빨로 군사를 일으켜

이 나라 테바이를 건국한 시조

카드모스를 경외하지 않는단 말이오?

에키온의 아들인 그대가

어찌 조상을 욕되게 하시오?　　　　　　　　　265

εἰ μή σε γῆρας πολιὸν ἐξερρύετο,

καθῆσ᾽ ἂν ἐν βάκχαισι δέσμιος μέσαις,

τελετὰς πονηρὰς εἰσάγων· γυναιξὶ γὰρ   260

ὅπου βότρυος ἐν δαιτὶ γίγνεται γάνος,

οὐχ ὑγιὲς οὐδὲν ἔτι λέγω τῶν ὀργίων.

Χορός

τῆς δυσσεβείας. ὦ ξέν᾽, οὐκ αἰδῇ θεοὺς

Κάδμον τε τὸν σπείραντα γηγενῆ στάχυν,

Ἐχίονος δ᾽ ὢν παῖς καταισχύνεις γένος;   265

테이레시아스:

지혜자가 훌륭한 연설을 할 때,

말을 유창하게 하는 것은

그리 대단한 것이 못되오.

지혜로운 듯이 달변을 내뱉지만,

그대의 말에는 지혜가 없구려.

지혜가 없이,

무모하게 강변을 내뱉는 자는   270

악한 시민이 될 것이오.

그대가 조롱하는 이 새로운 신은,

헬라스 땅 전체에서

얼마나 위대한 신이 되실지

말로 표현할 길이 없다오.

인간에게 소중한 두 가지가 있는데,   275

그 첫째는, 곡식으로 인간을 먹이시는

땅의 여신 데메테르이시죠,

그 이름은 그대 맘대로 불러도 좋소.

그 다음은, 곡식만큼 소중한 포도주인데,

Τειρεσίας

ὅταν λάβῃ τις τῶν λόγων ἀνὴρ σοφὸς

καλὰς ἀφορμάς, οὐ μέγ᾽ ἔργον εὖ λέγειν·

σὺ δ᾽ εὔτροχον μὲν γλῶσσαν ὡς φρονῶν ἔχεις,

ἐν τοῖς λόγοισι δ᾽ οὐκ ἔνεισί σοι φρένες.

θράσει δὲ δυνατὸς καὶ λέγειν οἷός τ᾽ ἀνὴρ   270

κακὸς πολίτης γίγνεται νοῦν οὐκ ἔχων.

οὗτος δ᾽ ὁ δαίμων ὁ νέος, ὃν σὺ διαγελᾷς,

οὐκ ἂν δυναίμην μέγεθος ἐξειπεῖν ὅσος

καθ᾽ Ἑλλάδ᾽ ἔσται. δύο γάρ, ὦ νεανία,

τὰ πρῶτ᾽ ἐν ἀνθρώποισι· Δημήτηρ θεά--   275

γῆ δ᾽ ἐστίν, ὄνομα δ᾽ ὁπότερον βούλῃ κάλει·

αὕτη μὲν ἐν ξηροῖσιν ἐκτρέφει βροτούς·

세멜레의 아들인 디오뉘소스 신께서
인간에게 주신 선물이지요.
포도주를 마시면,   280
불쌍한 인간들에게 슬픔도 잊게 하고,
잠을 주기도 하고,
그날의 노고도 잊게 하니,
그만한 치료제도 없지요.
신들께 헌주를 할 때도,
그분의 중보로
인간이 복을 받는 것이지요.   285

제우스 신의 허벅지에
그분이 봉합되셨다는 말을 비웃는데,
내가 설명 해주리다.
제우스 신께서 번갯불에서
그 아기 디오뉘소스 신을 건져내사,
올륌포스로 데려갔을 때,
헤라 여신이 그 아기를
하늘에서 내던져버리려 했지요.   290

ὃς δ᾽ ἦλθ᾽ ἔπειτ᾽, ἀντίπαλον ὁ Σεμέλης γόνος

βότρυος ὑγρὸν πῶμ᾽ ηὗρε κεἰσηνέγκατο

θνητοῖς, ὃ παύει τοὺς ταλαιπώρους βροτοὺς   280

λύπης, ὅταν πλησθῶσιν ἀμπέλου ῥοῆς,

ὕπνον τε λήθην τῶν καθ᾽ ἡμέραν κακῶν

δίδωσιν, οὐδ᾽ ἔστ᾽ ἄλλο φάρμακον πόνων.

οὗτος θεοῖσι σπένδεται θεὸς γεγώς,

ὥστε διὰ τοῦτον τἀγάθ᾽ ἀνθρώπους ἔχειν.   285

καὶ καταγελᾷς νιν, ὡς ἐνερράφη Διὸς

μηρῷ; διδάξω σ᾽ ὡς καλῶς ἔχει τόδε.

ἐπεί νιν ἥρπασ᾽ ἐκ πυρὸς κεραυνίου

Ζεύς, ἐς δ᾽ Ὄλυμπον βρέφος ἀνήγαγεν θεόν,

Ἥρα νιν ἤθελ᾽ ἐκβαλεῖν ἀπ᾽ οὐρανοῦ·   290

그때, 제우스 신께서는 묘책을 내셨지요.
대기를 감싸고 있는
공기의 일부분을 떼 내어,
가짜 아기를 만들어 인질로 헤라 여신에게 주며,
진짜 아기 디오뉘소스를
그녀의 질투에서 구해내셨지요.

그런데 세월이 지나서,
허벅지에서 양육되었다고
사람들이 와전시켜 말한답니다.   295
인질 '호메로스'와 허벅지 '메로스'를
뒤바꾸어 이야기를 만든 것이지요.

그분은 또한 예언의 신이지요.
박카이의 환희와 열광 속에는
예언의 능력이 임한답니다.
신령이 인간에게 강하게 임하면   300
미래를 예언하게도 하지요.

Ζεὺς δ᾽ ἀντεμηχανήσαθ᾽ οἷα δὴ θεός.

ῥήξας μέρος τι τοῦ χθόν᾽ ἐγκυκλουμένου

αἰθέρος, ἔθηκε τόνδ᾽ ὅμηρον ἐκδιδούς,

*

Διόνυσον Ἥρας νεικέων: χρόνῳ δέ νιν

βροτοὶ ῥαφῆναί φασιν ἐν μηρῷ Διός,   295

ὄνομα μεταστήσαντες, ὅτι θεᾷ θεὸς

Ἥρᾳ ποθ᾽ ὡμήρευσε, συνθέντες λόγον.

μάντις δ᾽ ὁ δαίμων ὅδε: τὸ γὰρ βακχεύσιμον

καὶ τὸ μανιῶδες μαντικὴν πολλὴν ἔχει:

ὅταν γὰρ ὁ θεὸς ἐς τὸ σῶμ᾽ ἔλθῃ πολύς,   300

λέγειν τὸ μέλλον τοὺς μεμηνότας ποιεῖ.

그분은 전쟁의 신
아레스의 권능도 가졌지요.
군대가 무장하여 대오를 갖추더라도,
창을 써보지도 못하고,
두려움에 혼비백산 달아난다오.
이것 또한 디오뉘소스 신께서
보내신 광기이지요.   305

그분이 델포이의 바위산에서,
봉우리 사이의 고원을,
횃불을 들고 튀르소스 지팡이를 흔들며
뛰어 다니는 것을
그대는 언젠가 보게 될 것이오.
헬라스 땅 전체에서 위대하신 분이지요.

펜테우스여, 내 말을 믿으시오.
권력이 인간 세상에서 힘을 행사한다고
우쭐거리지 마오.   310

Ἄρεώς τε μοῖραν μεταλαβὼν ἔχει τινά:

στρατὸν γὰρ ἐν ὅπλοις ὄντα κἀπὶ τάξεσιν

φόβος διεπτόησε πρὶν λόγχης θιγεῖν.

μανία δὲ καὶ τοῦτ᾽ ἐστὶ Διονύσου πάρα.   305

ἔτ᾽ αὐτὸν ὄψῃ κἀπὶ Δελφίσιν πέτραις

πηδῶντα σὺν πεύκαισι δικόρυφον πλάκα,

πάλλοντα καὶ σείοντα βακχεῖον κλάδον,

μέγαν τ᾽ ἀν᾽ Ἑλλάδα. ἀλλ᾽ ἐμοί, Πενθεῦ, πιθοῦ:

μὴ τὸ κράτος αὔχει δύναμιν ἀνθρώποις ἔχειν,   310

만약 그렇게 생각한다면,

그대의 생각은 병든 것이니,

그것을 지혜라 생각하지 마시오.

그분을 이 땅에 모셔 들이고,

제주를 바치며, 화관을 쓰고

박코스 축제에 참여하시오.

디오뉘소스 신께서는

여인들에게 성적인 절제를

강요하지는 않지요.   315

절제는 언제나 타고난 성품에

속한 것임을 아셔야 하오.

절제 있는 여성은 박코스 축제에서

결코 문란하게 행하지 않지요.

그대는 아실 것이오,

많은 사람들이 문간에 몰려오고,

전 도시가 펜테우스의 이름을 찬양하면

펜테우스 그대는 기뻐할 것이오.   320

μηδ', ἢν δοκῇς μέν, ἡ δὲ δόξα σου νοσῇ,

φρονεῖν δόκει τι· τὸν θεὸν δ' ἐς γῆν δέχου

καὶ σπένδε καὶ βάκχευε καὶ στέφου κάρα.

οὐχ ὁ Διόνυσος σωφρονεῖν ἀναγκάσει

γυναῖκας ἐς τὴν Κύπριν, ἀλλ' ἐν τῇ φύσει   315

τὸ σωφρονεῖν ἔνεστιν εἰς τὰ πάντ' ἀεί

τοῦτο σκοπεῖν χρή· καὶ γὰρ ἐν βακχεύμασιν

οὖσ' ἥ γε σώφρων οὐ διαφθαρήσεται.

ὁρᾷς, σὺ χαίρεις, ὅταν ἐφεστῶσιν πύλαις

πολλοί, τὸ Πενθέως δ' ὄνομα μεγαλύνῃ πόλις·   320

내 생각에,

그분 역시 존경받으면 기쁘실 것이오.

나는 그대가 조롱하는 카드모스와 함께,

담쟁이 넝쿨 화관을 쓰고 춤출 것이오.

우리 두 사람은 비록 늙었으나

춤을 추어야만 하오.

나는 그대의 말에 굴복되어,

신에 대항하여 싸우지 않겠소.   325

그대는 정말 미쳤다오,

약으로는 치료할 수 없구려,

약 때문에 생긴 병이니 말이오.

코로스:

장로이시여, 지혜로우시군요.

아폴론 신을 경외하며,

디오뉘소스 신을 공경하시는군요.

카드모스:

내 손자 펜테우스여,

테이레시아스의 조언대로,   330

κἀκεῖνος, οἶμαι, τέρπεται τιμώμενος.

ἐγὼ μὲν οὖν καὶ Κάδμος, ὃν σὺ διαγελᾷς,

κισσῷ τ᾽ ἐρεψόμεσθα καὶ χορεύσομεν,

πολιὰ ξυνωρίς, ἀλλ᾽ ὅμως χορευτέον,

κοὐ θεομαχήσω σῶν λόγων πεισθεὶς ὕπο.   325

μαίνῃ γὰρ ὡς ἄλγιστα, κοὔτε φαρμάκοις

ἄκη λάβοις ἂν οὔτ᾽ ἄνευ τούτων νοσεῖς.

Χορός

ὦ πρέσβυ, Φοῖβόν τ᾽ οὐ καταισχύνεις λόγοις,

τιμῶν τε Βρόμιον σωφρονεῖς, μέγαν θεόν.

Κάδμος

ὦ παῖ, καλῶς σοι Τειρεσίας παρῄνεσεν.   330

조상의 규례를 떠나 살지 말며

우리와 함께 하도록 하자꾸나.

너는 지금 헛되고

어리석은 생각에 붙들려 있구나.

비록, 네 말대로, 그분이 신이 아니더라도,

그렇게 부르도록 하거라,

이것은 영광스러운 거짓 일 테니.

세멜레가 신을 낳았다면,   335

가문의 영광이 아닌가?

악타이온의 비참한 운명을 보거라.

아르테미스 여신에 대항하여

사냥솜씨를 뽐내다가,

산 속에서 자신이 기른 사냥개들에게

찢겨 죽었어.   340

너는 이런 변을 당하면 안 되지.

이리 와, 머리에 담쟁이 화관을 씌워주마.

우리와 함께 신을 경배하러 가자꾸나.

οἴκει μεθ᾽ ἡμῶν, μὴ θύραζε τῶν νόμων.

νῦν γὰρ πέτῃ τε καὶ φρονῶν οὐδὲν φρονεῖς.

κεἰ μὴ γὰρ ἔστιν ὁ θεὸς οὗτος, ὡς σὺ φῄς,

παρὰ σοὶ λεγέσθω· καὶ καταψεύδου καλῶς

ὡς ἔστι, Σεμέλη θ᾽ ἵνα δοκῇ θεὸν τεκεῖν,   335

ἡμῖν τε τιμὴ παντὶ τῷ γένει προσῇ.

ὁρᾷς τὸν Ἀκτέωνος ἄθλιον μόρον,

ὃν ὠμόσιτοι σκύλακες ἃς ἐθρέψατο

διεσπάσαντο, κρεῖσσον᾽ ἐν κυναγίαις

Ἀρτέμιδος εἶναι κομπάσαντ᾽, ἐν ὀργάσιν.   340

ὃ μὴ πάθῃς σύ· δεῦρό σου στέψω κάρα

κισσῷ· μεθ᾽ ἡμῶν τῷ θεῷ τιμὴν δίδου.

펜테우스:

제에게 손대지 마시고, 축제나 즐기러 가세요,

할아버지의 어리석음을

저에게 씌우지 마세요.

(테이레시아스를 향하며)

이런 어리석은 짓을 종용한 이자에게는   345

응당한 값을 치르게 할 것입니다.

(수행원들을 향해)

누군가 즉시 가서,

그가 새 점을 치는 자리를

지렛대로 뒤집어 엎어버려라.

예언자의 화관 따위는

하늘로 바람에 날려 버려라.   350

이렇게 해서 그에게 가장 큰

고통을 안겨 주리라.

Πενθεύς

οὐ μὴ προσοίσεις χεῖρα, βακχεύσεις δ᾿ ἰών,

μηδ᾿ ἐξομόρξῃ μωρίαν τὴν σὴν ἐμοί;

τῆς σῆς δ᾿ ἀνοίας τόνδε τὸν διδάσκαλον   345

δίκην μέτειμι. στειχέτω τις ὡς τάχος,

ἐλθὼν δὲ θάκους τοῦδ᾿ ἵν᾿ οἰωνοσκοπεῖ

μοχλοῖς τριαίνου κἀνάτρεψον ἔμπαλιν,

ἄνω κάτω τὰ πάντα συγχέας ὁμοῦ,

καὶ στέμματ᾿ ἀνέμοις καὶ θυέλλαισιν μέθες.   350

μάλιστα γάρ νιν δήξομαι δράσας τάδε.

그리고 도시 전체를 뒤져

그 여자 같은 이방인을 잡아 오도록 하라.

우리 여인네들에게 새로운 병을 퍼뜨리고,

결혼 침대를 더럽히는 그자를 말이야.

잡으면 묶어 끌고 와서,   355

이 테바이 땅에서 박코스 축제가

비참한 종말을 고하는 것을 보게 하며,

돌로 쳐 죽임을 당하게 하리라.

(펜테우스와 수행원들 퇴장)

테이레시아스:

오, 불쌍한 자로다!

자신이 무슨 말을 하는지도 모르구나.

전에도 광분하는 성격이었지만,

이제는 완전 미쳐버렸구나.

카드모스여, 신께 기도하러 갑시다.   360

광분한 저 사람을 위해서,

이 도시의 평안을 위해서 말이오.

οἳ δ᾽ ἀνὰ πόλιν στείχοντες ἐξιχνεύσατε

τὸν θηλύμορφον ξένον, ὃς ἐσφέρει νόσον

καινὴν γυναιξὶ καὶ λέχη λυμαίνεται.

κἄνπερ λάβητε, δέσμιον πορεύσατε   355

δεῦρ᾽ αὐτόν, ὡς ἂν λευσίμου δίκης τυχὼν

θάνῃ, πικρὰν βάκχευσιν ἐν Θήβαις ἰδών.

Τειρεσίας

ὦ σχέτλι᾽, ὡς οὐκ οἶσθα ποῦ ποτ᾽ εἶ λόγων.

μέμηνας ἤδη: καὶ πρὶν ἐξέστης φρενῶν.

στείχωμεν ἡμεῖς, Κάδμε, κἀξαιτώμεθα   360

ὑπέρ τε τούτου καίπερ ὄντος ἀγρίου

ὑπέρ τε πόλεως τὸν θεὸν μηδὲν νέον

담쟁이 넝쿨 지팡이를 들고 나를 따르시오.

그대는 나를 부축하고,

나는 그대를 부축할 것이오.

두 노인네가 넘어지면 창피하지요.   365

우리는 제우스 신의 아들

박코스 신을 경배하러 가는 길인데 말이오.

카드모스여,

펜테우스가 그대 가문에

고통을 불러들이지 않으면 좋으련만!

내 이야기는 예언이 아니라,

사실을 보고 판단하는 것이니,

어리석은 자는

어리석은 말을 하기 때문이지요.

코로스:

경건의 여신 호시아여,   370

황금 날개로 대지를 누비시는 호시아여,

펜테우스가 하는 말을 들으셨나요?

δρᾶν. ἀλλ᾽ ἕπου μοι κισσίνου βάκτρου μέτα,

πειρῶ δ᾽ ἀνορθοῦν σῶμ᾽ ἐμόν, κἀγὼ τὸ σόν·

γέροντε δ᾽ αἰσχρὸν δύο πεσεῖν· ἴτω δ᾽ ὅμως,   365

τῷ Βακχίῳ γὰρ τῷ Διὸς δουλευτέον.

Πενθεὺς δ᾽ ὅπως μὴ πένθος εἰσοίσει δόμοις

τοῖς σοῖσι, Κάδμε· μαντικῇ μὲν οὐ λέγω,

τοῖς πράγμασιν δέ· μῶρα γὰρ μῶρος λέγει.

Χορός

Ὁσία πότνα θεῶν,   370

Ὁσία δ᾽ ἃ κατὰ γᾶν

χρυσέαν πτέρυγα φέρεις,

τάδε Πενθέως ἀίεις;

세멜레의 아들,

디오뉘소스 신에 대항하는

저 불경하고 오만한 소리를 들으셨나요?　　　　　　　　375

아름다운 화관을 쓰고

즐거이 참예하는 축제에서

최고의 신으로 경배 받으시는

그분에 대항해서 말이오.

그분의 섭리는 이러하니,

만인이 어울려 춤추고,

피리소리에 맞추어 즐거워하며　　　　　　　　　　380

근심 걱정을 떨쳐 버리게 하시는도다.

신들을 경배하는 축제에서,

포도주가 즐거움을 더하며,

화관을 쓰고 즐거워하는 박카이들에게

잠을 선사하는도다.　　　　　　　　　　　　　　　385

재앙이로다,

고삐 풀린 입과

무법한 어리석음이여!

ἀίεις οὐχ ὁσίαν

ὕβριν ἐς τὸν Βρόμιον, τὸν   375

Σεμέλας, τὸν παρὰ καλλι-

στεφάνοις εὐφροσύναις δαί-

μονα πρῶτον μακάρων; ὃς τάδ᾽ ἔχει,

θιασεύειν τε χοροῖς

μετά τ᾽ αὐλοῦ γελάσαι   380

ἀποπαῦσαί τε μερίμνας,

ὁπόταν βότρυος ἔλθῃ

γάνος ἐν δαιτὶ θεῶν, κισ-

σοφόροις δ᾽ ἐν θαλίαις ἀν-

δράσι κρατὴρ ὕπνον ἀμ-   385

φιβάλλῃ.

ἀχαλίνων στομάτων

ἀνόμου τ᾽ ἀφροσύνας

τὸ τέλος δυστυχία·

중용과 지혜가
가문의 평안을
지키는 법.   390
신들은 저 멀리
하늘에 계시지만,
인간 세상사를
굽어 보시는도다.

영리한 것은 지혜가 아니며,   395
필멸의 존재인 인간의
분수에 맞지 않는 생각도
역시 그렇다오.
인생이란 짧은 것!
도를 넘어 욕망하는 자는
지금 가진 것마저도 잃는 법.
내 생각에,   400
이건 악한 생각에 사로잡힌
미친 짓이지요.

ὁ δὲ τᾶς ἡσυχίας

βίοτος καὶ τὸ φρονεῖν   390

ἀσάλευτόν τε μένει καὶ

συνέχει δώματα· πόρσω

γὰρ ὅμως αἰθέρα ναίον-

τες ὁρῶσιν τὰ βροτῶν οὐρανίδαι.

τὸ σοφὸν δ᾽ οὐ σοφία   395

τό τε μὴ θνητὰ φρονεῖν.

βραχὺς αἰών· ἐπὶ τούτῳ

δέ τις ἂν μεγάλα διώκων

τὰ παρόντ᾽ οὐχὶ φέροι. μαι-

νομένων οἵδε τρόποι καὶ   400

κακοβούλων παρ᾽ ἔμοι-

γε φωτῶν.

ἱκοίμαν ποτὶ Κύπρον,

νᾶσον τᾶς Ἀφροδίτας,

인간의 마음을 매혹시키는
에로스가 사는 아프로디테의 섬,
퀴프로스로!
하구로 흐르는 풍성한 강물로 인해 405
비가 내리지 않아도 비옥한 땅
파포스로 가자꾸나!
기쁨의 신, 디오뉘소스이시여,
우리를 인도하소서!
지혜를 주시는 무사 여신들이 사는
올륌포스의 아름다운 피에리아로
인도하소서. 410
환희의 여신 카리스,
열망의 여신 포토스가 거하는 곳,
박카이들이
즐거이 축제를 벌이는 그곳으로
인도하소서. 415

제우스 신의 아들인 그분은
축제를 즐기시며,

ἵν᾽ οἱ θελξίφρονες νέμον-

ται θνατοῖσιν Ἔρωτες,   405

Πάφον θ᾽ ἂν ἑκατόστομοι

βαρβάρου ποταμοῦ ῥοαὶ

καρπίζουσιν ἄνομβροι.

οὗ δ᾽ ἁ καλλιστευομένα

Πιερία μούσειος ἕδρα,   410

σεμνὰ κλιτὺς Ὀλύμπου,

ἐκεῖσ᾽ ἄγε με, Βρόμιε Βρόμιε,

πρόβακχ᾽ εὔιε δαῖμον.

ἐκεῖ Χάριτες,

ἐκεῖ δὲ Πόθος· ἐκεῖ δὲ βάκ-   415

χαις θέμις ὀργιάζειν.

ὁ δαίμων ὁ Διὸς παῖς

χαίρει μὲν θαλίαισιν,

평화의 여신을 사랑하시니,

인간에게 복을 주시고

어린이들을 양육하시는 분이

평화의 여신이로다.   420

복된 자나,

불운한 자에게나,

똑같이 슬픔을 달래며,

포도주의 환희를 선사하는도다.

그분은 이런 인간을 미워하시지요,

낮에 그리고 사랑스런 밤에   425

행복한 삶을 영위하지 못하는 자,

그리고 인간의 도를 넘는 자들로부터

자신의 생각과 마음을

지혜롭게 지키지 못하는 자 말이오.

대다수의 상식적인 사람들이   430

규범으로 여기며 지키는 것을

나는 좇아갈 것이오.

φιλεῖ δ᾽ ὀλβοδότειραν Εἰ-

ρήναν, κουροτρόφον θεάν. 420

ἴσαν δ᾽ ἔς τε τὸν ὄλβιον

τόν τε χείρονα δῶκ᾽ ἔχειν

οἴνου τέρψιν ἄλυπον·

μισεῖ δ᾽ ᾧ μὴ ταῦτα μέλει,

κατὰ φάος νύκτας τε φίλας 425

εὐαίωνα διαζῆν,

σοφὰν δ᾽ ἀπέχειν

πραπίδα φρένα τε

περισσῶν παρὰ φωτῶν·

τὸ πλῆθος ὅ τι 430

τὸ φαυλότερον ἐνόμισε χρῆ-

ταί τε, τόδ᾽ ἂν δεχοίμαν.

부하:

펜테우스 왕이시여,

명하신 대로 임무를 완수하여

이 사냥감을 체포해 왔나이다.   435

이 짐승은 도망쳐 달아나지도 않고

온순하게 자진해서 손을 내밀며,

포도주 빛 안색이 하나도 변함없이

전혀 놀라지도 않았답니다.

묶어 끌고 가도록 허락하며,

웃으며 서 있었고,

제가 임무수행을 잘 하도록

도와주었답니다.   440

그래서 저는 창피한 마음에

이렇게 말했나이다.

"이방인이여, 당신을

내가 원해서 끌고 가는 것이 아니라,

왕의 명령을 따른 것뿐이오."

Θεράπων

Πενθεῦ, πάρεσμεν τήνδ᾽ ἄγραν ἠγρευκότες

ἐφ᾽ ἣν ἔπεμψας, οὐδ᾽ ἄκρανθ᾽ ὡρμήσαμεν.   435

ὁ θὴρ δ᾽ ὅδ᾽ ἡμῖν πρᾶος οὐδ᾽ ὑπέσπασεν

φυγῇ πόδ᾽, ἀλλ᾽ ἔδωκεν οὐκ ἄκων χέρας

οὐδ᾽ ὠχρός, οὐδ᾽ ἤλλαξεν οἰνωπὸν γένυν,

γελῶν δὲ καὶ δεῖν κἀπάγειν ἐφίετο

ἔμενέ τε, τοὐμὸν εὐτρεπὲς ποιούμενος.   440

κἀγὼ δι᾽ αἰδοῦς εἶπον· Ὦ ξέν᾽, οὐχ ἑκὼν

ἄγω σε, Πενθέως δ᾽ ὅς μ᾽ ἔπεμψ᾽ ἐπιστολαῖς.

그런데, 왕께서 체포하여

묶어서 감옥에 투옥한

그 박카이들이 저절로 풀려서,   445

그들의 신인 디오뉘소스를 부르며

껑충껑충 뛰면서

벌판으로 사라져 갔습니다.

발의 족쇄는 저절로 풀렸고,

사람의 손이 닿지도 않았는데,

문들의 빗장이 활짝 열렸답니다.

이 사람은 수많은 기적을

테바이 땅에 몰고 왔나이다.

왕께서는 나머지 일을 신중히

고려하심이 마땅한 줄 아뢰옵니다.   450

펜테우스:

이제 그물에 걸려

잽싸게 달아나지 못할 터이니

손을 풀어 주어라.

(부하들이 이방인의 모습을 한 디오뉘소스 신을 풀어준다)

ἃς δ' αὖ σὺ βάκχας εἶρξας, ἃς συνήρπασας

κᾆδησας ἐν δεσμοῖσι πανδήμου στέγης,

φροῦδαί γ' ἐκεῖναι λελυμέναι πρὸς ὀργάδας   445

σκιρτῶσι Βρόμιον ἀνακαλούμεναι θεόν:

αὐτόματα δ' αὐταῖς δεσμὰ διελύθη ποδῶν

κλῇδές τ' ἀνῆκαν θύρετρ' ἄνευ θνητῆς χερός.

πολλῶν δ' ὅδ' ἁνὴρ θαυμάτων ἥκει πλέως

ἐς τάσδε Θήβας. σοὶ δὲ τἄλλα χρὴ μέλειν.   450

Πενθεύς

μέθεσθε χειρῶν τοῦδ': ἐν ἄρκυσιν γὰρ ὢν

οὐκ ἔστιν οὕτως ὠκὺς ὥστε μ' ἐκφυγεῖν.

이방인이여, 그대는 몸매가

꽤 매력적이구려, 여자들에게는 말이오.

그들을 호리려 테바이 땅에 왔으니,

머릿결은 길어,

레슬링 선수의 그것은 아니며,   455

볼까지 덮어 흩날리니

욕망이 가득하구려.

피부는 뽀야니 잘 가꾸었구려.

햇빛을 쐬지 않고 그늘진 곳에서,

아름다움을 뽐내며

아프로디테를 쫓아다니니 말이오.

그런데 먼저 당신의 가문이

어찌되는지 말해 보시오.   460

디오뉘소스:

뽐낼 것 없이 간단히 말하리라.

꽃이 만발한 트몰로스 산을 알죠?

ἀτὰρ τὸ μὲν σῶμ᾿ οὐκ ἄμορφος εἶ, ξένε,

ὡς ἐς γυναῖκας, ἐφ᾿ ὅπερ ἐς Θήβας πάρει·

πλόκαμός τε γάρ σου ταναός, οὐ πάλης ὕπο,   455

γένυν παρ᾿ αὐτὴν κεχυμένος, πόθου πλέως·

λευκὴν δὲ χροιὰν ἐκ παρασκευῆς ἔχεις,

οὐχ ἡλίου βολαῖσιν, ἀλλ᾿ ὑπὸ σκιᾶς,

τὴν Ἀφροδίτην καλλονῇ θηρώμενος.

πρῶτον μὲν οὖν μοι λέξον ὅστις εἶ γένος.   460

Διόνυσος

οὐ κόμπος οὐδείς· ῥᾴδιον δ᾿ εἰπεῖν τόδε.

τὸν ἀνθεμώδη Τμῶλον οἶσθά που κλύων.

펜테우스:

알고 있지,

도시 사르데이스를 둘러싸고 있지.

디오뉘소스:

나는 그곳에서 왔으며,

뤼디아는 내 고향이오.

펜테우스:

당신은 왜 이런 비밀한 축제를

헬라스 땅에 끌어들이오?   465

디오뉘소스:

제우스 신의 아들인

디오뉘소스 신이 우리를 이끈다오.

펜테우스:

새로운 신들을 낳는

제우스라는 어떤 신이 그곳에 있단 말이오?

Πενθεύς

οἶδ᾽, ὃς τὸ Σάρδεων ἄστυ περιβάλλει κύκλῳ.

Διόνυσος

ἐντεῦθέν εἰμι, Λυδία δέ μοι πατρίς.

Πενθεύς

πόθεν δὲ τελετὰς τάσδ᾽ ἄγεις ἐς Ἑλλάδα;   465

Διόνυσος

Διόνυσος ἡμᾶς εἰσέβησ᾽, ὁ τοῦ Διός.

Πενθεύς

Ζεὺς δ᾽ ἔστ᾽ ἐκεῖ τις, ὃς νέους τίκτει θεούς;

디오뉘소스:

아니오. 여기 이곳에서
세멜레와 결혼을 한 그분이죠.

펜테우스:

당신이 계시를 받았다는 것이
꿈속에서요 혹은 생시오?

디오뉘소스:

서로 얼굴을 보면서,
신비한 의식을 베풀지요.   470

펜테우스:

당신에게 임했다는 그 신비한 의식이
도대체 어떤 것이오?

디오뉘소스:

비밀한 축제에 참예하지 않는 자가
알아서는 안 되오.

Διόνυσος

οὔκ, ἀλλ᾽ ὁ Σεμέλην ἐνθάδε ζεύξας γάμοις.

Πενθεύς

πότερα δὲ νύκτωρ σ᾽ ἢ κατ᾽ ὄμμ᾽ ἠνάγκασεν;

Διόνυσος

ὁρῶν ὁρῶντα, καὶ δίδωσιν ὄργια.   470

Πενθεύς

τὰ δ᾽ ὄργι᾽ ἐστὶ τίν᾽ ἰδέαν ἔχοντά σοι;

Διόνυσος

ἄρρητ᾽ ἀβακχεύτοισιν εἰδέναι βροτῶν.

펜테우스:

제물을 드리며 참예하는 자가

어떤 이득을 얻는 거요?

디오뉘소스:

당신이 알게 해서는 안 되오.

하지만 알아두면 좋은, 가치 있는 것이지요.

펜테우스:

내가 듣고 싶게끔,

말을 교묘히 이끌어가는군.   475

디오뉘소스:

불경한 자가 신성한 제의에

함께하는 것은 온당치 못하지요.

펜테우스:

분명히 그 신을 보았다고 했는데,

어떻게 생겼던가?

Πενθεύς

ἔχει δ᾿ ὄνησιν τοῖσι θύουσιν τίνα;

Διόνυσος

οὐ θέμις ἀκοῦσαί σ᾿, ἔστι δ᾿ ἄξι᾿ εἰδέναι.

Πενθεύς

εὖ τοῦτ᾿ ἐκιβδήλευσας, ἵν᾿ ἀκοῦσαι θέλω.   475

Διόνυσος

ἀσέβειαν ἀσκοῦντ᾿ ὄργι᾿ ἐχθαίρει θεοῦ.

Πενθεύς

τὸν θεὸν ὁρᾶν γὰρ φὴς σαφῶς, ποῖός τις ἦν;

디오뉘소스:

그분이 원하는 대로이지요,

내가 정하는 게 아니오.

펜테우스:

답은 하지 않고,

이번에도 역시 잘도 피해가는군.

디오뉘소스:

지혜로운 말을 하여도,

무지한 자에게는 어리석어 보이는 법.　　　　　　　480

펜테우스:

그 신령을 이끌고

맨 처음으로 이곳에 왔는가?

디오뉘소스:

모든 이방 민족들이

춤추며 이 신비한 의식을 즐긴다오.

Διόνυσος

ὁποῖος ἤθελ᾽: οὐκ ἐγὼ 'τασσον τόδε.

Πενθεύς

τοῦτ᾽ αὖ παρωχέτευσας εὖ κοὐδὲν λέγων.

Διόνυσος

δόξει τις ἀμαθεῖ σοφὰ λέγων οὐκ εὖ φρονεῖν.   480

Πενθεύς

ἦλθες δὲ πρῶτα δεῦρ᾽ ἄγων τὸν δαίμονα;

Διόνυσος

πᾶς ἀναχορεύει βαρβάρων τάδ᾽ ὄργια.

펜테우스:

그들은 우리 헬라인들 보다

훨씬 덜 지혜롭기 때문이오.

디오뉘소스:

이 점에서는 그들이 더 뛰어나오,

다만 규례가 다를 뿐이오.

펜테우스:

그 신비한 의식을

밤에 행하오 아니면 낮에 하오? 485

디오뉘소스:

대개는 밤에 행하오,

어둠이 더 근엄하기 때문이오.

펜테우스:

밤은 여인들을

음란하고 음탕하게 만들지.

Πενθεύς

φρονοῦσι γὰρ κάκιον Ἑλλήνων πολύ.

Διόνυσος

τάδ᾽ εὖ γε μᾶλλον· οἱ νόμοι δὲ διάφοροι.

Πενθεύς

τὰ δ᾽ ἱερὰ νύκτωρ ἢ μεθ᾽ ἡμέραν τελεῖς;   485

Διόνυσος

νύκτωρ τὰ πολλά· σεμνότητ᾽ ἔχει σκότος.

Πενθεύς

τοῦτ᾽ ἐς γυναῖκας δόλιόν ἐστι καὶ σαθρόν.

디오뉘소스:

대낮에도 수치스런 짓을

생각하는 것이 인간이라오.

펜테우스:

궤변을 늘어놓은 대가를

반드시 치르게 될 것이야.

디오뉘소스:

신께 불경을 저지르는

당신 같은 무지한 자가 그럴 것이오.   490

펜테우스:

정말 담대하며,

훈련받은 듯이 뛰어난 언변이로군.

디오뉘소스:

내가 받을 벌이 뭣이며,

어떤 짓을 하고픈 거요?

Διόνυσος

κἂν ἡμέρᾳ τό γ᾽ αἰσχρὸν ἐξεύροι τις ἄν.

Πενθεύς

δίκην σε δοῦναι δεῖ σοφισμάτων κακῶν.

Διόνυσος

σὲ δ᾽ ἀμαθίας γε κἀσεβοῦντ᾽ ἐς τὸν θεόν.   490

Πενθεύς

ὡς θρασὺς ὁ βάκχος κοὐκ ἀγύμναστος λόγων.

Διόνυσος

εἴφ᾽ ὅ τι παθεῖν δεῖ· τί με τὸ δεινὸν ἐργάσῃ;

펜테우스:

먼저 여자 같이 멋을 낸

그 머릿결을 잘라버리겠네.

디오뉘소스:

나의 머릿결은 신성한 것으로,

신께 바쳐진 것이라오.

펜테우스:

다음으로 그 튀르소스 지팡이를

내게 넘겨주게.   495

디오뉘소스:

스스로 빼앗아 보시구려,

이것은 디오뉘소스 신께 속한 것이오.

펜테우스:

그리고 당신의 몸은

저기 감옥 안에 감금할 것이네.

Πενθεύς

πρῶτον μὲν ἁβρὸν βόστρυχον τεμῶ σέθεν.

Διόνυσος

ἱερὸς ὁ πλόκαμος: τῷ θεῷ δ᾽ αὐτὸν τρέφω.

Πενθεύς

ἔπειτα θύρσον τόνδε παράδος ἐκ χεροῖν.   495

Διόνυσος

αὐτός μ᾽ ἀφαιροῦ: τόνδε Διονύσου φορῶ.

Πενθεύς

εἱρκταῖσί τ᾽ ἔνδον σῶμα σὸν φυλάξομεν.

디오뉘소스:

내가 원하면 언제든,

신께서 풀어주실 것이오.

펜테우스:

박카이들과 함께 어울려,

소리쳐 그를 부를 때는 그렇겠지.

디오뉘소스:

그분은 지금도 가까이 계셔서,

내가 당하는 바를 보고 계시오. 500

펜테우스:

어디에 있단 말이오?

내 눈에는 보이지도 않는데.

디오뉘소스:

내 곁에 계시오,

당신이 불경하여 보지 못할 뿐이오.

Διόνυσος

λύσει μ᾽ ὁ δαίμων αὐτός, ὅταν ἐγὼ θέλω.

Πενθεύς

ὅταν γε καλέσῃς αὐτὸν ἐν βάκχαις σταθείς.

Διόνυσος

καὶ νῦν ἃ πάσχω πλησίον παρὼν ὁρᾷ.　　　　　　500

Πενθεύς

καὶ ποῦ 'στιν; οὐ γὰρ φανερὸς ὄμμασίν γ᾽ ἐμοῖς.

Διόνυσος

παρ᾽ ἐμοί: σὺ δ᾽ ἀσεβὴς αὐτὸς ὢν οὐκ εἰσορᾷς.

펜테우스:

이자를 붙잡아라,

나와 테바이를 멸시하는구나!

디오뉘소스:

경고하노니,

지혜의 말을 하는 나를 묶지 말라,

너희들은 제 정신이 아니구나!

펜테우스:

당신보다 더 큰 권력자인 내가

그렇게 하라고 명하는 것이지.　　　　　　　505

디오뉘소스:

당신은 사는 게 무언지, 무슨 짓을 하는지,

자신이 누구인지도 모르는구려.

펜테우스:

나는 펜테우스이고,

에키온과 아가우에의 아들이지.

Πενθεύς

λάζυσθε: καταφρονεῖ με καὶ Θήβας ὅδε.

Διόνυσος

αὐδῶ με μὴ δεῖν σωφρονῶν οὐ σώφροσιν.

Πενθεύς

ἐγὼ δὲ δεῖν γε, κυριώτερος σέθεν.　　　　505

Διόνυσος

οὐκ οἶσθ᾽ ὅ τι ζῇς, οὐδ᾽ ὃ δρᾷς, οὐδ᾽ ὅστις εἶ.

Πενθεύς

Πενθεύς, Ἀγαύης παῖς, πατρὸς δ᾽ Ἐχίονος.

디오뉘소스:

펜테우스, 당신 이름에 깃든 고통 (펜토스),

그것이 당신의 운명이구려.

펜테우스:

끌어내!

이자를 근처의 마구간에 가두어

깜깜하게 빛을 못 보게 하라.　　　　　　　　　510

(디오뉘소스에게)

당신은 그곳에서 춤이나 추시오,

당신이 끌고 온 공범들인 이 여인들은

내다 팔아버리거나,

시끄럽게 북을 쳐대지 못하게 해서

베 짜는 노예로나 써먹을까 하오.

Διόνυσος

ἐνδυστυχῆσαι τοὔνομ᾽ ἐπιτήδειος εἶ.

Πενθεύς

χώρει: καθείρξατ᾽ αὐτὸν ἱππικαῖς πέλας

φάτναισιν, ὡς ἂν σκότιον εἰσορᾷ κνέφας.   510

ἐκεῖ χόρευε: τάσδε δ᾽ ἃς ἄγων πάρει

κακῶν συνεργοὺς ἢ διεμπολήσομεν

ἢ χεῖρα δούπου τοῦδε καὶ βύρσης κτύπου

παύσας, ἐφ᾽ ἱστοῖς δμωίδας κεκτήσομαι.

디오뉘소스:

내 가리이다,

하지만 신의 뜻이 아니고는

결코 어떤 일도 당하지 않을 것이오.   515

그리고 당신의 그 오만 불경한 행동은,

당신이 부인하는 그 디오뉘소스 신께서

반드시 대가를 치르게 하시지요.

우리를 억울하게 함은

그분에게 족쇄를 씌우는 것인 줄 아시오.

코로스:

아켈로오스의 따님,

강물의 여신,

고귀한 처녀 디르케여,   520

그대의 품으로

이전에 제우스 신의 아들인

아기 디오뉘소스를 맞아 들였도다.

Διόνυσος

στείχοιμ᾽ ἄν· ὅ τι γὰρ μὴ χρεών, οὔτοι χρεὼν   515

παθεῖν. ἀτάρ τοι τῶνδ᾽ ἄποιν᾽ ὑβρισμάτων

μέτεισι Διόνυσός σ᾽, ὃν οὐκ εἶναι λέγεις·

ἡμᾶς γὰρ ἀδικῶν κεῖνον εἰς δεσμοὺς ἄγεις.

Χορός

*

Ἀχελῴου θύγατερ,

πότνι᾽ εὐπάρθενε Δίρκα,   520

σὺ γὰρ ἐν σαῖς ποτε παγαῖς

τὸ Διὸς βρέφος ἔλαβες,

제우스 신께서 그 아기를

영원히 불타는 화염 속에서 건져내

허벅지에 넣어 감추며 이렇게 외쳤지요,   525

"내 아들 디튀람보스여,

이 나의 자궁으로 들어오라,

테바이에서 네 이름을 박코스라

외쳐 부르며 칭송할지니라."

그런데, 축복받은 디르케, 그대는   530

화관을 쓴 박카이 행렬을

그대에게 인도하는 나를 내쳤소.

왜 나를 내치고, 피하는 것이오?

포도송이가 주렁주렁 열리는

포도나무가 주는 즐거움으로   535

그대는 디오뉘소스 신을 경배하리라.

ὅτε μηρῷ πυρὸς ἐξ ἀ-

θανάτου Ζεὺς ὁ τεκὼν ἥρ-

πασέ νιν, τάδ' ἀναβοάσας: 525

Ἴθι, Διθύραμβ', ἐμὰν ἄρ-

σενα τάνδε βᾶθι νηδύν:

ἀναφαίνω σε τόδ', ὦ Βάκ-

χιε, Θήβαις ὀνομάζειν.

σὺ δέ μ', ὦ μάκαιρα Δίρκα,   530

στεφανηφόρους ἀπωθῇ

θιάσους ἔχουσαν ἐν σοί.

τί μ' ἀναίνῃ; τί με φεύγεις;

ἔτι ναὶ τὰν βοτρυώδη

Διονύσου χάριν οἴνας,   535

ἔτι σοι τοῦ Βρομίου μελήσει.

용의 이빨을 씨 뿌려

흙에서 태어난 에키온은

이 나라를 세웠건만,

그런 혈통에서 나온

그의 아들 펜테우스는   540

광기에 휩싸였노라.

그는 인간이 아니라

잔인한 거인 같은

사나운 괴물이 되어,

신들에 대적하여

싸우는도다.

그는 디오뉘소스 신을 경배하는   545

나를 지금 잡아들이려 하오.

그는 벌써 집 안의

어두운 비밀 감옥에

나의 인도자를 감금했다오.

οἵαν οἵαν ὀργὰν

ἀναφαίνει χθόνιον

γένος ἐκφύς τε δράκοντός

ποτε Πενθεύς, ὃν Ἐχίων   540

ἐφύτευσε χθόνιος,

ἀγριωπὸν τέρας, οὐ φῶ-

τα βρότειον, φόνιον δ᾽ ὥσ-

τε γίγαντ᾽ ἀντίπαλον θεοῖς·

ὃς ἔμ᾽ ἐν βρόχοισι τὰν τοῦ   545

Βρομίου τάχα ξυνάψει,

τὸν ἐμὸν δ᾽ ἐντὸς ἔχει δώ-

ματος ἤδη θιασώταν

σκοτίαις κρυπτὸν ἐν εἰρκταῖς.

제우스 신의 아들이신
디오뉘소스 신이시여,550
당신의 대언자들이
억압받는 것을 보시나이까?
나의 주님이시여,
황금 지팡이 튀르소스를 흔들며
올림포스 산에서 내려오소서,
저 잔인한 자의 오만불경을
제하여 주소서!555

지금 어디에서 튀르소스를
흔들며 박카이들을 인도하시나요?
들짐승들이 뛰노는 뉘사 산,
혹은 파르나소스 산 꼭대기인가요?
오르페우스가
키타라를 연주하며560
나무와 들짐승들이
몰려들어 춤추게 하는
올림포스 산의
깊은 숲속에 계신가요?

ἐσορᾷς τάδ᾽, ὦ Διὸς παῖ   550

Διόνυσε, σοὺς προφήτας

ἐν ἁμίλλαισιν ἀνάγκας;

μόλε, χρυσῶπα τινάσσων,

ἄνα, θύρσον κατ᾽ Ὄλυμπον,

φονίου δ᾽ ἀνδρὸς ὕβριν κατάσχες.   555

πόθι Νύσας ἄρα τᾶς θη-

ροτρόφου θυρσοφορεῖς

θιάσους, ὦ Διόνυσ᾽, ἢ

κορυφαῖς Κωρυκίαις;

τάχα δ᾽ ἐν ταῖς πολυδένδρεσ-   560

σιν Ὀλύμπου θαλάμαις, ἔν-

θα ποτ᾽ Ὀρφεὺς κιθαρίζων

σύναγεν δένδρεα μούσαις,

σύναγεν θῆρας ἀγρώτας.

축복받은 피에리아 땅,   565
디오뉘소스 신이
사랑하는 그곳에서,
즐거이 춤추며
박코스 축제가 열리니,
박카이들이 춤추며
악시오스 급류를
건너가는도다.   570

이 급류가 뤼디아스 강을 이루니,
이는 인간들에게
복을 주며
풍요로운 강물로
말을 먹이는 비옥한 목초지를
선사하는 생명의 아버지로다.   575

(왕궁 안에서 디오뉘소스 신의 목소리가 들려온다)

μάκαρ ὦ Πιερία, 565

σέβεταί σ' Εὔιος, ἥξει

τε χορεύσων ἅμα βακχεύ-

μασι, τόν τ' ὠκυρόαν

διαβὰς Ἀξιὸν εἱλισ-

σομένας Μαινάδας ἄξει, 570

Λυδίαν πατέρα τε, τὸν

τᾶς εὐδαιμονίας βροτοῖς

ὀλβοδόταν, τὸν ἔκλυον

εὔιππον χώραν ὕδασιν

καλλίστοισι λιπαίνειν. 575

디오뉘소스(목소리):

자, 내 목소리를 들어라!

박카이여, 박카이여!

코로스:

누구지? 어디에서

디오뉘소스 신의 목소리가

나를 부르시지?

디오뉘소스(목소리):

자, 다시 말하노니,   580

나는 제우스 신과 세멜레의 아들이지.

코로스:

오, 우리의 왕이시여,

이제 박코스 축제에 오소서,

디오뉘소스 신이시여!

Διόνυσος

ἰώ,

κλύετ᾿ ἐμᾶς κλύετ᾿ αὐδᾶς,

ἰὼ βάκχαι, ἰὼ βάκχαι.

Χορός

τίς ὅδε, τίς ὅδε πόθεν ὁ κέλαδος

ἀνά μ᾿ ἐκάλεσεν Εὐίου;

Διόνυσος

ἰὼ ἰώ, πάλιν αὐδῶ,   580

ὁ Σεμέλας, ὁ Διὸς παῖς.

Χορός

ἰὼ ἰὼ δέσποτα δέσποτα,

μόλε νυν ἡμέτερον ἐς

θίασον, ὦ Βρόμιε Βρόμιε.

디오뉘소스(목소리):

지진의 여신이여,

온 대지를 뒤흔들어라!   585

코로스:

아, 아, 펜테우스의 궁전이

이제 무너져 내리겠구나.

디오뉘소스 신께서

저 안에 계시니,

그를 경배할지라.

우리는 그분을 경배하오.   590

저기 기둥의 상인방이

갈라지는 것을 보셨나요?

디오뉘소스 신께서

승리의 환호성을 지르신다오.

Διόνυσος

σεῖε πέδον χθονὸς Ἔννοσι πότνια.   585

Χορός

ἆ ἆ,

τάχα τὰ Πενθέως μέλαθρα διατι-

νάξεται πεσήμασιν.

— ὁ Διόνυσος ἀνὰ μέλαθρα·

σέβετέ νιν. — σέβομεν ὤ.   590

— εἴδετε λάινα κίοσιν ἔμβολα

διάδρομα τάδε; Βρόμιος ὅδ᾽ ἀλα-

λάζεται στέγας ἔσω.

디오뉘소스(목소리):

번갯불을 들어 올려라,

펜테우스의 집을 모조리 태워버려라!　　　　　　　　595

(번갯불이 번쩍이며 천둥이 친다)

코로스:

오, 저기 저 불꽃이 보이나요?

세멜레의 성스런 무덤 위에

타오르는 저 불꽃,

제우스 신이 내린

그 번갯불이 남긴 불꽃 말이오.

떨리는 몸을 바닥에 엎드리시오,　　　　　　　　　600

박카이들이여 엎드리시오,

제우스 신의 아들,

우리 주님께서 모든 것을 뒤엎으며

이 왕궁을 치십니다.

(이방인의 모습을 한 디오뉘소스 신이 등장한다)

Διόνυσος

ἅπτε κεραύνιον αἴθοπα λαμπάδα:

σύμφλεγε σύμφλεγε δώματα Πενθέος.

Χορός

ἆ ἆ,

πῦρ οὐ λεύσσεις, οὐδ᾽ αὐγάζῃ,

Σεμέλας ἱερὸν ἀμφὶ τάφον, ἄν

ποτε κεραυνόβολος ἔλιπε φλόγα

Δίου βροντᾶς;

δίκετε πεδόσε τρομερὰ σώματα   600

δίκετε, Μαινάδες: ὁ γὰρ ἄναξ

ἄνω κάτω τιθεὶς ἔπεισι

μέλαθρα τάδε Διὸς γόνος.

디오뉘소스:

이방 여인들이여,

두려움에 떨며 엎드린 것이오? 605

박코스 신께서 펜테우스의 집을

허무는 것에 놀란 것 같구려.

자, 일어나시오,

떨지 말고 안심하구려.

코로스:

오, 즐거운 박코스 축제에서

우리의 위대한 빛이신

당신을 뵈니 얼마나 기쁜지요,

우리 홀로 버려진 줄 알았는데.

디오뉘소스:

내가 펜테우스의 어두운 감옥에 610

끌려갈 때 그대는 절망했던가?

Διόνυσος

βάρβαροι γυναῖκες, οὕτως ἐκπεπληγμέναι φόβῳ

πρὸς πέδῳ πεπτώκατ᾽; ᾖσθησθ᾽, ὡς ἔοικε, Βακχίου   605

διατινάξαντος † δῶμα Πενθέως: ἀλλ᾽ ἐξανίστατε

σῶμα καὶ θαρσεῖτε σαρκὸς ἐξαμείψασαι τρόμον.

Χορός

ὦ φάος μέγιστον ἡμῖν εὐίου βακχεύματος,

ὡς ἐσεῖδον ἀσμένη σε, μονάδ᾽ ἔχουσ᾽ ἐρημίαν.

Διόνυσος

εἰς ἀθυμίαν ἀφίκεσθ᾽, ἡνίκ᾽ εἰσεπεμπόμην,   610

Πενθέως ὡς ἐς σκοτεινὰς ὁρκάνας πεσούμενος;

코로스:

당연하지요,

당신께 변고가 생기면

누가 우리를 지켜주나요?

그런데 저 불경한 자의 손에서

어떻게 풀려나셨나요?

디오뉘소스:

내 스스로 구해냈지,

힘들이지 않고, 쉽게 말이오.

코로스:

손이 꽁꽁 묶여 있지 않았나요?   615

디오뉘소스:

내가 그를 놀려줬지.

그는 나를 묶었다고 생각했지만,

실상 나를 잡지도 묶지도 못했고,

헛된 꿈만 꾼 것이야.

Χορός

πῶς γὰρ οὔ; τίς μοι φύλαξ ἦν, εἰ σὺ συμφορᾶς τύχοις;

ἀλλὰ πῶς ἠλευθερώθης ἀνδρὸς ἀνοσίου τυχών;

Διόνυσος

αὐτὸς ἐξέσωσ᾽ ἐμαυτὸν ῥᾳδίως ἄνευ πόνου.

Χορός

οὐδέ σου συνῆψε χεῖρε δεσμίοισιν ἐν βρόχοις;   615

Διόνυσος

ταῦτα καὶ καθύβρισ᾽ αὐτόν, ὅτι με δεσμεύειν δοκῶν

οὔτ᾽ ἔθιγεν οὔθ᾽ ἥψαθ᾽ ἡμῶν, ἐλπίσιν δ᾽ ἐβόσκετο.

나를 잡아 가두려는 마구간 옆에 있던
황소 한 마리를 발견하고는
그 다리에 족쇄를 걸어 끌고 가려고,
분기를 내뿜으며, 온몸에 땀을 쏟으며,　　　　　　　620
입술을 깨물며 그는 온갖 애를 썼지.
나는 그 옆에서 조용히
그 광경을 지켜보고 있었어.

그러는 중에, 박코스 신께서 오시어
그 왕궁을 뒤흔들어 놓고,
세멜레의 무덤에 불꽃을 피워 올렸어.
펜테우스가 이를 보고,
왕궁이 불타는 줄 알고,
이리 저리 날뛰며 노예들에게
물을 가져오라며 소리쳤고,　　　　　　　625
모든 하인들이 헛소동을 피웠지.

내가 없어졌다는 것을 알고는,
그 일을 멈추고, 시꺼먼 칼을 빼들고
집 안으로 뛰어 들어갔지.

πρὸς φάτναις δὲ ταῦρον εὑρών, οὗ καθεῖρξ᾽ ἡμᾶς ἄγων,

τῷδε περὶ βρόχους ἔβαλλε γόνασι καὶ χηλαῖς ποδῶν,

θυμὸν ἐκπνέων, ἱδρῶτα σώματος στάζων ἄπο,   620

χείλεσιν διδοὺς ὀδόντας: πλησίον δ᾽ ἐγὼ παρὼν

ἥσυχος θάσσων ἔλευσσον. ἐν δὲ τῷδε τῷ χρόνῳ

ἀνετίναξ᾽ ἐλθὼν ὁ Βάκχος δῶμα καὶ μητρὸς τάφῳ

πῦρ ἀνῆψ᾽: ὃ δ᾽ ὡς ἐσεῖδε, δώματ᾽ αἴθεσθαι δοκῶν,

ᾖσσ᾽ ἐκεῖσε κᾆτ᾽ ἐκεῖσε, δμωσὶν Ἀχελῷον φέρειν   625

ἐννέπων, ἅπας δ᾽ ἐν ἔργῳ δοῦλος ἦν, μάτην πονῶν.

διαμεθεὶς δὲ τόνδε μόχθον, ὡς ἐμοῦ πεφευγότος,

ἵεται ξίφος κελαινὸν ἁρπάσας δόμων ἔσω.

그때, 내 생각에 그런 것 같은데,
디오뉘소스 신께서 마당에
내 모습의 허깨비 하나를 만드셨고,   630
펜테우스는 마치 나를 죽이듯이
돌진하여 그 허상을 찔러댔지.

이 외에도, 박코스 신께서는
그에게 또 다른 조롱을 안겨주었으니,
그의 왕궁이 무너지고,
모든 것들이 파괴되었어.
나를 잡아 가둔 것에 대해
대가를 치른 것이지.

이 지경에 이르니,
지쳐 녹초가 되어 칼을 내려놓더군.   635
인간인 주제에 감히
신에게 대항해 싸우려하다니 말이야.
난 조용히 왕궁을 빠져나와
그대들에게로 왔다네.
펜테우스 따위는 신경 쓸 거 없어.

κᾆθ' ὁ Βρόμιος, ὡς ἔμοιγε φαίνεται, δόξαν λέγω,

φάσμ' ἐποίησεν κατ' αὐλήν: ὃ δ' ἐπὶ τοῦθ' ὡρμημένος 630

ᾖσσε κἀκέντει φαεννὸν αἰθέρ', ὡς σφάζων ἐμέ.

πρὸς δὲ τοῖσδ' αὐτῷ τάδ' ἄλλα Βάκχιος λυμαίνεται:

δώματ' ἔρρηξεν χαμᾶζε: συντεθράνωται δ' ἅπαν

πικροτάτους ἰδόντι δεσμοὺς τοὺς ἐμούς: κόπου δ' ὕπο

διαμεθεὶς ξίφος παρεῖται: πρὸς θεὸν γὰρ ὢν ἀνὴρ 635

ἐς μάχην ἐλθεῖν ἐτόλμησε. ἥσυχος δ' ἐκβὰς ἐγὼ

δωμάτων ἥκω πρὸς ὑμᾶς, Πενθέως οὐ φροντίσας.

안에서 발소리가 나는 걸 보니,

곧 그가 집밖으로 나올 것 같구려.

이 지경에, 무슨 말을 하려는지?

그가 씩씩거리며 오더라도,

난 차분히 맞이해야지.   640

지혜로운 자는 평정심을

지키는 것이 합당하리라.

펜테우스:

끔찍한 일이야,

좀 전에 족쇄에 묶여 감금된

그 이방인이 달아났어.

오 이럴 수가, 어찌 된 일이야?

그자가 여기에 있다니!   645

밖으로 달아나서,

어떻게 내 집 앞에 있을 수 있단 말인가?

디오뉘소스:

진정하시오, 화를 진정하시오.

ὡς δέ μοι δοκεῖ — ψοφεῖ γοῦν ἀρβύλη δόμων ἔσω —

ἐς προνώπι᾽ αὐτίχ᾽ ἥξει. τί ποτ᾽ ἄρ᾽ ἐκ τούτων ἐρεῖ;

ῥᾳδίως γὰρ αὐτὸν οἴσω, κἂν πνέων ἔλθῃ μέγα.   640

πρὸς σοφοῦ γὰρ ἀνδρὸς ἀσκεῖν σώφρον᾽ εὐοργησίαν.

Πενθεύς

πέπονθα δεινά: διαπέφευγέ μ᾽ ὁ ξένος,

ὃς ἄρτι δεσμοῖς ἦν κατηναγκασμένος.

ἔα ἔα:

ὅδ᾽ ἐστὶν ἀνήρ: τί τάδε; πῶς προνώπιος   645

φαίνῃ πρὸς οἴκοις τοῖς ἐμοῖς, ἔξω βεβώς;

Διόνυσος

στῆσον πόδ᾽, ὀργῇ δ᾽ ὑπόθες ἥσυχον πόδα.

펜테우스:

어떻게 족쇄를 풀고 달아났는가?

디오뉘소스:

누군가 날 구해줄 것이라고
말하지 않았소? 못 들었소?

펜테우스:

누구 말이오?
항상 이상한 말만 하는군.   650

디오뉘소스:

인간들에게 풍성한 포도송이를
선사하는 그분 말이오.

펜테우스:

〈내용 누락:
박카이들이 포도주에 취해
음탕한 축제를 벌인다고
비난하는 내용으로 추측됨〉

Πενθεύς

πόθεν σὺ δεσμὰ διαφυγὼν ἔξω περᾷς;

Διόνυσος

οὐκ εἶπον--ἢ οὐκ ἤκουσασ--ὅτι λύσει μέ τις;

Πενθεύς

τίς; τοὺς λόγους γὰρ ἐσφέρεις καινοὺς ἀεί.   650

Διόνυσος

ὃς τὴν πολύβοτρυν ἄμπελον φύει βροτοῖς.

Πενθεύς

*

디오뉘소스:

그의 선물인 그것을 두고

디오뉘소스 신을 비방하는군.

펜테우스:

나는 모든 성벽이 봉쇄되도록

명령을 내릴 것이네.

디오뉘소스:

뭣 하러?

신들이 성벽을 뛰어넘지 못할까?

펜테우스:

아주 영리하구먼,

하지만, 정작 영리해야 하는 때에는

영리하지 못하지.   655

디오뉘소스:

정말 지혜로워야 하는 때에

지혜로운 것은 내 태생이지.

Διόνυσος

ὠνείδισας δὴ τοῦτο Διονύσῳ καλόν.

Πενθεύς

κλῄειν κελεύω πάντα πύργον ἐν κύκλῳ.

Διόνυσος

τί δ᾽; οὐχ ὑπερβαίνουσι καὶ τείχη θεοί;

Πενθεύς

σοφὸς σοφὸς σύ, πλὴν ἃ δεῖ σ᾽ εἶναι σοφόν.   655

Διόνυσος

ἃ δεῖ μάλιστα, ταῦτ᾽ ἔγωγ᾽ ἔφυν σοφός.

먼저 저 사람의 말을 들어 보시오.

산에서 무슨 소식을 갖고 온 모양이오.

난 도망가지 않고 기다릴 테니.

(사자가 등장한다)

사자:

테바이의 통치자, 펜테우스 왕이시여,   660

맑고 하얀 눈송이가

언제나 빛나는 곳,

카타이론 산을 떠나 왔습니다.

펜테우스:

무슨 급한 소식을 전하러 왔는가?

사자:

광분한 박카이들이,

미쳐서 하아얀 발을 드러낸 채

이 땅을 박차고 뛰쳐나갔는데,   665

저는 그들의 놀라운 이적을 보고

κείνου δ' ἀκούσας πρῶτα τοὺς λόγους μάθε,

ὃς ἐξ ὄρους πάρεστιν ἀγγελῶν τί σοι·

ἡμεῖς δέ σοι μενοῦμεν, οὐ φευξούμεθα.

Ἄγγελος

Πενθεῦ κρατύνων τῆσδε Θηβαίας χθονός,   660

ἥκω Κιθαιρῶν' ἐκλιπών, ἵν' οὔποτε

λευκῆς χιόνος ἀνεῖσαν εὐαγεῖς βολαί.

Πενθεύς

ἥκεις δὲ ποίαν προστιθεὶς σπουδὴν λόγου;

Ἄγγελος

βάκχας ποτνιάδας εἰσιδών, αἳ τῆσδε γῆς

οἴστροισι λευκὸν κῶλον ἐξηκόντισαν,   665

ἥκω φράσαι σοὶ καὶ πόλει χρήζων, ἄναξ,

왕과 온 도시에 알리러 왔나이다.

그곳에서 일어난 상황을,

사실 그대로 자유롭게 전해야 할지

아니면 자제를 해야 하는지

먼저 묻고 싶습니다.

왕이시여,

성미가 급하고, 격정에 불타며,   670

지나치게 위압적이시니 두렵습니다.

펜테우스:

어떤 경우라도 체벌은 하지 아니 할 테니,

말해 보라.

올바른 것에 대해 화를 내는 건

온당치 못한 짓이지.

박카이들에 대해 끔찍한 사실을

많이 전해 줄수록

나는 이자를 심히 체벌할 것이네.

여인들에게 그런 짓들을   675

가르쳐준 자가 바로 이자이니 말이야.

ὡς δεινὰ δρῶσι θαυμάτων τε κρείσσονα.

θέλω δ᾿ ἀκοῦσαι, πότερά σοι παρρησίᾳ

φράσω τὰ κεῖθεν ἢ λόγον στειλώμεθα:

τὸ γὰρ τάχος σου τῶν φρενῶν δέδοικ᾿, ἄναξ,   670

καὶ τοὐξύθυμον καὶ τὸ βασιλικὸν λίαν.

Πενθεύς

λέγ᾿, ὡς ἀθῷος ἐξ ἐμοῦ πάντως ἔσῃ.

τοῖς γὰρ δικαίοις οὐχὶ θυμοῦσθαι χρεών.

ὅσῳ δ᾿ ἂν εἴπῃς δεινότερα βακχῶν πέρι,

τοσῷδε μᾶλλον τὸν ὑποθέντα τὰς τέχνας   675

γυναιξὶ τόνδε τῇ δίκῃ προσθήσομεν.

사자:

아침 태양이 대지를 비추는 시간,

소떼가 산 능선을 향해 오르기

시작하는 바로 그 즈음,

세 무리의 박카이들을 보았는데,   680

아우토노에가 이끄는 한 무리,

왕의 어머니인 아가우에가 이끄는 둘째 무리,

이노가 이끄는 셋째 무리였지요.

모두가 깊이 잠들어 있었는데,

잎이 무성한 늘어진 전나무 가지에

등을 대고 자는 이들,

땅에 늘어진 오크 나무 가지에

머리를 대고 자는 이들,   685

모두 차분하고 정숙해 보였답니다.

왕께서 말씀하신 것과 달리,

포도주와 피리소리에 취해

아프로디테의 숲을 은밀히

쏘다니지는 않았답니다.

Ἄγγελος

ἀγελαῖα μὲν βοσκήματ᾽ ἄρτι πρὸς λέπας

μόσχων ὑπεξήκριζον, ἡνίχ᾽ ἥλιος

ἀκτῖνας ἐξίησι θερμαίνων χθόνα.

ὁρῶ δὲ θιάσους τρεῖς γυναικείων χορῶν,   680

ὧν ἦρχ᾽ ἑνὸς μὲν Αὐτονόη, τοῦ δευτέρου

μήτηρ Ἀγαύη σή, τρίτου δ᾽ Ἰνὼ χοροῦ.

ηὗδον δὲ πᾶσαι σώμασιν παρειμέναι,

αἳ μὲν πρὸς ἐλάτης νῶτ᾽ ἐρείσασαι φόβην,

αἳ δ᾽ ἐν δρυὸς φύλλοισι πρὸς πέδῳ κάρα   685

εἰκῇ βαλοῦσαι σωφρόνως, οὐχ ὡς σὺ φῂς

ᾠνωμένας κρατῆρι καὶ λωτοῦ ψόφῳ

θηρᾶν καθ᾽ ὕλην Κύπριν ἠρημωμένας.

뿔 달린 소떼의 울음소리를 듣고는,

왕의 모친께서 일어나셔서　　　　　　　　690

박카이들 가운데 서서 큰 소리로 외쳐

그들을 깨우셨답니다.

그러자 그들은 눈에 맴도는

달콤한 잠을 떨치며 벌떡 일어났는데,

젊은 여인, 나이 든 여인, 처녀들

모두 질서정연하게 행동하는 것을 보니

정말 장관이더군요.

먼저 그들은 머릿결을

어깨 위로 늘어뜨리고,　　　　　　　　695

새끼 사슴 가죽옷의 옷고름을

다시 고쳐 입었는데,

허리에 맨 뱀이

그들의 뺨을 핥더군요.

집에 젖 먹는 아기를 두고 온

여인은 젖이 불어,　　　　　　　　　　700

ἡ σὴ δὲ μήτηρ ὠλόλυξεν ἐν μέσαις

σταθεῖσα βάκχαις, ἐξ ὕπνου κινεῖν δέμας, 690

μυκήμαθ᾽ ὡς ἤκουσε κεροφόρων βοῶν.

αἳ δ᾽ ἀποβαλοῦσαι θαλερὸν ὀμμάτων ὕπνον

ἀνῇξαν ὀρθαί, θαῦμ᾽ ἰδεῖν εὐκοσμίας,

νέαι παλαιαὶ παρθένοι τ᾽ ἔτ᾽ ἄζυγες.

καὶ πρῶτα μὲν καθεῖσαν εἰς ὤμους κόμας 695

νεβρίδας τ᾽ ἀνεστείλανθ᾽ ὅσαισιν ἁμμάτων

σύνδεσμ᾽ ἐλέλυτο, καὶ καταστίκτους δορὰς

ὄφεσι κατεζώσαντο λιχμῶσιν γένυν.

αἳ δ᾽ ἀγκάλαισι δορκάδ᾽ ἢ σκύμνους λύκων

ἀγρίους ἔχουσαι λευκὸν ἐδίδοσαν γάλα, 700

산양과 늑대새끼를
품에 안고 먹이더군요.
그들은 담쟁이 넝쿨과 오크 나무,
그리고 꽃이 많은 주목 나무로
화관을 만들어 썼답니다.

한 여인이 튀르소스 지팡이를
바위에 치니, 샘물이 터져 나왔고,   705
다른 여인이 지팡이로 땅을 치니,
신께서 포도주의 샘을 내셨답니다.
흰 우유를 원하는 이들이
손가락으로 땅을 긁기만 하면
우유가 샘솟아 나왔고,   710
담쟁이 넝쿨 튀르소스 지팡이에는
달콤한 꿀이 줄줄 흘러내렸답니다.

왕께서 그 자리에서 이 장면을 보셨다면,
지금 비방하시는 그 신을 향해
기도를 올리며 경배하셨을 것입니다.

ὅσαις νεοτόκοις μαστὸς ἦν σπαργῶν ἔτι

βρέφη λιπούσαις· ἐπὶ δ᾽ ἔθεντο κισσίνους

στεφάνους δρυός τε μίλακός τ᾽ ἀνθεσφόρου.

θύρσον δέ τις λαβοῦσ᾽ ἔπαισεν ἐς πέτραν,

ὅθεν δροσώδης ὕδατος ἐκπηδᾷ νοτίς·   705

ἄλλη δὲ νάρθηκ᾽ ἐς πέδον καθῆκε γῆς,

καὶ τῇδε κρήνην ἐξανῆκ᾽ οἴνου θεός·

ὅσαις δὲ λευκοῦ πώματος πόθος παρῆν,

ἄκροισι δακτύλοισι διαμῶσαι χθόνα

γάλακτος ἐσμοὺς εἶχον· ἐκ δὲ κισσίνων   710

θύρσων γλυκεῖαι μέλιτος ἔσταζον ῥοαί.

ὥστ᾽, εἰ παρῆσθα, τὸν θεὸν τὸν νῦν ψέγεις

εὐχαῖσιν ἂν μετῆλθες εἰσιδὼν τάδε.

우리 목자들과 양치기들은

박카이들이 보여주는 이 기이한   715

이적에 대해 의논하며 모였답니다.

이때 도시에서 떠돌며 말깨나 배운

어떤 이가 그럴싸한 말로

우리에게 이런 말을 했지요.

"산 속 목초지에서 사는 여러분,

박카이들 가운데 왕의 어머니

아가우에를 잡는다면,   720

왕이 좋아하지 않겠소?

좋은 제안이라 생각하며,

우리는 덤불 속에 몸을 숨기고

잠복을 했답니다.

정해진 시간이 되자,

그들은 튀르소스를 흔들어대며

제우스 신의 아들,

디오뉘소스 신의 이름을 부르며

축제를 시작했지요.   725

ξυνήλθομεν δὲ βουκόλοι καὶ ποιμένες,

κοινῶν λόγων δώσοντες ἀλλήλοις ἔριν 715

ὡς δεινὰ δρῶσι θαυμάτων τ᾽ ἐπάξια·

καί τις πλάνης κατ᾽ ἄστυ καὶ τρίβων λόγων

ἔλεξεν εἰς ἅπαντας· Ὦ σεμνὰς πλάκας

ναίοντες ὀρέων, θέλετε θηρασώμεθα

Πενθέως Ἀγαύην μητέρ᾽ ἐκ βακχευμάτων 720

χάριν τ᾽ ἄνακτι θώμεθα; εὖ δ᾽ ἡμῖν λέγειν

ἔδοξε, θάμνων δ᾽ ἐλλοχίζομεν φόβαις

κρύψαντες αὑτούς· αἳ δὲ τὴν τεταγμένην

ὥραν ἐκίνουν θύρσον ἐς βακχεύματα,

Ἴακχον ἀθρόῳ στόματι τὸν Διὸς γόνον 725

온 산과 짐승들이 그들과
함께 축제로 흥겨워하며,
모든 만물이 덩실 거렸답니다.

마침내 아가우에가 근처로 지나가자,
나는 잠복해 있던 덤불에서
뛰쳐나와 잡아채려고 했지요.   730
그러자 그녀는 이렇게 소리 쳤답니다.
"질주하는 나의 박카이들이여,
이자들이 우리를 잡으려 하구나.
튀르소스 지팡이를 들고
나를 따르라, 나를 따르라!"

우리는 달아났기에,
박카이들에게 찢겨 죽는 것은 모면했지만,   735
그들은 손에 든 무기도 없이
풀을 뜯는 소떼에게 달려들었지요.

Βρόμιον καλοῦσαι· πᾶν δὲ συνεβάκχευ᾽ ὄρος

καὶ θῆρες, οὐδὲν δ᾽ ἦν ἀκίνητον δρόμῳ.

κυρεῖ δ᾽ Ἀγαύη πλησίον θρῴσκουσά μου·

κἀγὼ 'ξεπήδησ᾽ ὡς συναρπάσαι θέλων,

λόχμην κενώσας ἔνθ᾽ ἐκρυπτόμην δέμας.   730

ἣ δ᾽ ἀνεβόησεν· Ὦ δρομάδες ἐμαὶ κύνες,

θηρώμεθ᾽ ἀνδρῶν τῶνδ᾽ ὕπ᾽· ἀλλ᾽ ἕπεσθέ μοι,

ἕπεσθε θύρσοις διὰ χερῶν ὡπλισμέναι.

ἡμεῖς μὲν οὖν φεύγοντες ἐξηλύξαμεν

βακχῶν σπαραγμόν, αἳ δὲ νεμομέναις χλόην   735

μόσχοις ἐπῆλθον χειρὸς ἀσιδήρου μέτα.

그들 중 한 여인이 맨손으로
울어대는 살진 송아지 한 마리를
두 동강으로 찢었고,
다른 여인들은
암소들을 갈기갈기 찢어놓았답니다.
늑골과 소 발굽이   740
위 아래 여기저기로 내던져졌고,
피투성이인 채로 전나무에 걸린 것은
피를 뚝뚝 흘리고 있었답니다.

오만하게 뿔을 들이받으며
격분하던 황소들도
수많은 젊은 여인들의 손에 의해
땅바닥에 자빠지더이다.   745
왕께서 눈 깜박이는 순간 보다
더 빨리 그들은 그 살갗을
갈기갈기 찢어 놓았답니다.

καὶ τὴν μὲν ἂν προσεῖδες εὔθηλον πόριν

μυκωμένην ἔχουσαν ἐν χεροῖν δίχα,

ἄλλαι δὲ δαμάλας διεφόρουν σπαράγμασιν.

εἶδες δ᾽ ἂν ἢ πλεύρ᾽ ἢ δίχηλον ἔμβασιν   740

ῥιπτόμεν᾽ ἄνω τε καὶ κάτω: κρεμαστὰ δὲ

ἔσταζ᾽ ὑπ᾽ ἐλάταις ἀναπεφυρμέν᾽ αἵματι.

ταῦροι δ᾽ ὑβρισταὶ κὰς κέρας θυμούμενοι

τὸ πρόσθεν ἐσφάλλοντο πρὸς γαῖαν δέμας,

μυριάσι χειρῶν ἀγόμενοι νεανίδων.   745

θᾶσσον δὲ διεφοροῦντο σαρκὸς ἔνδυτὰ

ἢ σὲ ξυνάψαι βλέφαρα βασιλείοις κόραις.

그런 후 그들은
테바이 땅을 비옥하게 하는
아소포스 강이 흐르는 평야 지대를 향해,
전속력으로 날아가는 새처럼
달려갔답니다.   750

키타이론 산 아래의
벌판에 위치한 마을
휘시아이와 에뤼트라이를
군인들 마냥 덮쳐서 발칵 뒤집어 놓았고,
아이들을 낚아채 갔답니다.

그들이 어깨에 짊어진 것은,
묶지도 않았는데도   755
철이든 동이든 무엇이든 간에,
땅에 떨어지는 것이 없었고,
머리에는 불을 이고 다녔지만
타지 않았답니다.

χωροῦσι δ᾽ ὥστ᾽ ὄρνιθες ἀρθεῖσαι δρόμῳ

πεδίων ὑποτάσεις, αἳ παρ᾽ Ἀσωποῦ ῥοαῖς

εὔκαρπον ἐκβάλλουσι Θηβαίων στάχυν: 750

Ὑσιάς τ᾽ Ἐρυθράς θ᾽, αἳ Κιθαιρῶνος λέπας

νέρθεν κατῳκήκασιν, ὥστε πολέμιοι,

ἐπεσπεσοῦσαι πάντ᾽ ἄνω τε καὶ κάτω

διέφερον: ἥρπαζον μὲν ἐκ δόμων τέκνα:

ὁπόσα δ᾽ ἐπ᾽ ὤμοις ἔθεσαν, οὐ δεσμῶν ὕπο   755

προσείχετ᾽ οὐδ᾽ ἔπιπτεν ἐς μέλαν πέδον,

οὐ χαλκός, οὐ σίδηρος: ἐπὶ δὲ βοστρύχοις

πῦρ ἔφερον, οὐδ᾽ ἔκαιεν. οἳ δ᾽ ὀργῆς ὕπο

약탈당한 격분한 주민들이

무기를 들었는데,

이 광경은 보기에 정말 기이했답니다.　　　　　760

왜냐면, 날카로운 창을 던져도

박카이들에게 어떤 상처도 주지 못했고,

오히려 여자들인 박카이들이

튀르소스 지팡이를 던지며

그들에게 부상을 입히자,

남자들인 그들이 달아나 버렸답니다.

어떤 신의 도움이 없이는

결코 일어날 수 없는 광경이지요.

그리고는 그들이 출발했던 곳,　　　　　765

신께서 샘이 솟아나게 한 그곳으로

다시 돌아가서 피를 씻었는데,

뺨의 핏방울은

뱀들이 혀로 핥아주었답니다.

ἐς ὅπλ᾽ ἐχώρουν φερόμενοι βακχῶν ὕπο·

οὗπερ τὸ δεινὸν ἦν θέαμ᾽ ἰδεῖν, ἄναξ.   760

τοῖς μὲν γὰρ οὐχ ἥμασσε λογχωτὸν βέλος,

κεῖναι δὲ θύρσους ἐξανιεῖσαι χερῶν

ἐτραυμάτιζον κἀπενώτιζον φυγῇ

γυναῖκες ἄνδρας, οὐκ ἄνευ θεῶν τινος.

πάλιν δ᾽ ἐχώρουν ὅθεν ἐκίνησαν πόδα,   765

κρήνας ἐπ᾽ αὐτὰς ἃς ἀνῆκ᾽ αὐταῖς θεός.

νίψαντο δ᾽ αἷμα, σταγόνα δ᾽ ἐκ παρηίδων

γλώσσῃ δράκοντες ἐξεφαίδρυνον χροός.

왕이시여, 그분이 누구이든 간에,

신으로 이 도시에 맞아들이소서.

다른 면에서도 그분은 위대하십니다. 770

제가 듣기로, 그분이

인간들에게 고통을 잊게 해주는

포도나무를 선사했다고 합니다.

포도주가 없다면 인간들에게

아프로디테의 즐거움과

다른 기쁨도 없을 것입니다.

코로스:

왕 앞에서 거리낌 없이 말하기가 775

두려우나 그래도 말하겠습니다.

디오뉘소스 신은

어떤 다른 신들 못지않게 위대하십니다.

펜테우스:

박카이들의 오만방자함이

이미 불꽃 같이 타오르니,

헬라인들의 큰 수치로다.

τὸν δαίμον᾽ οὖν τόνδ᾽ ὅστις ἔστ᾽, ὦ δέσποτα,

δέχου πόλει τῇδ᾽· ὡς τά τ᾽ ἄλλ᾽ ἐστὶν μέγας,   770

κἀκεῖνό φασιν αὐτόν, ὡς ἐγὼ κλύω,

τὴν παυσίλυπον ἄμπελον δοῦναι βροτοῖς.

οἴνου δὲ μηκέτ᾽ ὄντος οὐκ ἔστιν Κύπρις

οὐδ᾽ ἄλλο τερπνὸν οὐδὲν ἀνθρώποις ἔτι.

Χορός

ταρβῶ μὲν εἰπεῖν τοὺς λόγους ἐλευθέρους   775

πρὸς τὸν τύραννον, ἀλλ᾽ ὅμως εἰρήσεται·

Διόνυσος ἥσσων οὐδενὸς θεῶν ἔφυ.

Πενθεύς

ἤδη τόδ᾽ ἐγγὺς ὥστε πῦρ ὑφάπτεται

ὕβρισμα βακχῶν, ψόγος ἐς Ἕλληνας μέγας.

(부하들에게 명한다)

우린 지체할 겨를이 없다.

자, 엘렉트라 성문으로 가서   780

방패를 든 군사와

날쌘 말을 탄 기병대를 소집하라.

경무장 보병과

활시위를 당기는 군사들을 소집하라.

박카이들에 대항하여

우리는 싸울 것이니라.

여자들에게서 당한 이 수모를   785

도저히 견딜 수 없구나.

디오뉘소스:

펜테우스 그대는

내 말을 듣고도 순종하지 않는구려.

내가 그대에게서

수모를 당하더라도 이 말을 해야겠구려.

신께 대항하여

무기를 들지 마오, 잠잠히 있으시오.

ἀλλ’ οὐκ ὀκνεῖν δεῖ: στεῖχ’ ἐπ’ Ἠλέκτρας ἰὼν   780

πύλας: κέλευε πάντας ἀσπιδηφόρους

ἵππων τ’ ἀπαντᾶν ταχυπόδων ἐπεμβάτας

πέλτας θ’ ὅσοι πάλλουσι καὶ τόξων χερὶ

ψάλλουσι νευράς, ὡς ἐπιστρατεύσομεν

βάκχαισιν: οὐ γὰρ ἀλλ’ ὑπερβάλλει τάδε,   785

εἰ πρὸς γυναικῶν πεισόμεσθ’ ἃ πάσχομεν.

Διόνυσος

πείθῃ μὲν οὐδέν, τῶν ἐμῶν λόγων κλύων,

Πενθεῦ: κακῶς δὲ πρὸς σέθεν πάσχων ὅμως

οὔ φημι χρῆναί σ’ ὅπλ’ ἐπαίρεσθαι θεῷ,

디오뉘소스 신께서는   790
축제를 벌이는 산에서
그대가 박카이들을 몰아내는 것을
결코 용납치 않을 것이오.

펜테우스:
감옥에서 도망쳐 나온 주제에
제 몸이나 잘 지킬 것이지,
감히 날 가르치려 들다니,
또 다시 처벌받고 싶은가?

디오뉘소스:
한낱 인간인 주제에
격정에 사로잡혀 무모하게
신께 대항하여 대들기보다는,
나 같으면 차라리 제물을 바치리다.   795

ἀλλ᾽ ἡσυχάζειν: Βρόμιος οὐκ ἀνέξεται   790
κινοῦντα βάκχας σ᾽ εὐίων ὀρῶν ἄπο.

Πενθεύς

οὐ μὴ φρενώσεις μ᾽, ἀλλὰ δέσμιος φυγὼν
σῴσῃ τόδ᾽; ἢ σοὶ πάλιν ἀναστρέψω δίκην;

Διόνυσος

θύοιμ᾽ ἂν αὐτῷ μᾶλλον ἢ θυμούμενος
πρὸς κέντρα λακτίζοιμι θνητὸς ὢν θεῷ.   795

펜테우스:

키타이론 산골짜기에서

죽어 마땅한 수많은 여인들을

제물로 바치리라.

디오뉘소스:

그대들 모두 패하여 달아날 것이오.

박카이들의 튀르소스 지팡이 앞에서

청동 방패를 되돌려 달아나며

큰 수치를 당할 것이오.

펜테우스:

이 이방인은 상대하기가 만만찮군.　　　　　　　800

처벌을 받을 때나, 축제를 벌일 때나,

항상 입을 놀리며 떠들어대니 말이야.

디오뉘소스:

이보시오, 그래도 아직

일들을 잘 마무리할 기회는 있지요.

Πενθεύς

θύσω, φόνον γε θῆλυν, ὥσπερ ἄξιαι,

πολὺν ταράξας ἐν Κιθαιρῶνος πτυχαῖς.

Διόνυσος

φεύξεσθε πάντες: καὶ τόδ᾽ αἰσχρόν, ἀσπίδας

θύρσοισι βακχῶν ἐκτρέπειν χαλκηλάτους

Πενθεύς

ἀπόρῳ γε τῷδε συμπεπλέγμεθα ξένῳ,   800

ὃς οὔτε πάσχων οὔτε δρῶν σιγήσεται.

Διόνυσος

ὦ τᾶν, ἔτ᾽ ἔστιν εὖ καταστῆσαι τάδε.

펜테우스:

어떻게?

내가 내 노예들에게 복종하라고?

디오뉘소스:

여인들을, 무기를 들지 않은 채,

여기로 데려오겠소.

펜테우스:

이런! 나를 상대로 계략을 획책하는군.   805

디오뉘소스:

나의 재주로 그대를 구원해 주려는데,

어떻게 그런 소릴?

펜테우스:

박코스 축제를 영속시키려고

이 일을 함께 획책한 것이지.

Πενθεύς

τί δρῶντα; δουλεύοντα δουλείαις ἐμαῖς;

Διόνυσος

ἐγὼ γυναῖκας δεῦρ᾽ ὅπλων ἄξω δίχα.

Πενθεύς

οἴμοι· τόδ᾽ ἤδη δόλιον ἔς με μηχανᾷ.   805

Διόνυσος

ποῖόν τι, σῶσαί σ᾽ εἰ θέλω τέχναις ἐμαῖς;

Πενθεύς

ξυνέθεσθε κοινῇ τάδ᾽, ἵνα βακχεύητ᾽ ἀεί.

디오뉘소스:

함께 기획한 것은 맞는데,

사실은, 신과 함께 이지요.

펜테우스:

(부하들을 향해)

내 갑옷과 무구를 가져오도록 하라.

(디오뉘소스를 향해)

그대는 입 좀 닫으시오.

디오뉘소스:

아! 박카이들이 함께 앉아있는 것을   810

보고 싶은 거죠?

펜테우스:

물론이지.

그렇게 해주면 황금 덩어리를 주겠네.

Διόνυσος

καὶ μὴν ξυνεθέμην--τοῦτό γ᾽ ἔστι--τῷ θεῷ.

Πενθεύς

ἐκφέρετέ μοι δεῦρ᾽ ὅπλα, σὺ δὲ παῦσαι λέγων.

Διόνυσος

ἆ.   810

βούλῃ σφ᾽ ἐν ὄρεσι συγκαθημένας ἰδεῖν;

Πενθεύς

μάλιστα, μυρίον γε δοὺς χρυσοῦ σταθμόν.

디오뉘소스:

그런데 왜 그토록 간절히
그것을 보고 싶어 하오?

펜테우스:

술 취한 그들을 보는 것은
마음 아픈 일이지.

디오뉘소스:

그런데 그토록 쓰라린 광경을
굳이 보고 싶은 가요?   815

펜테우스:

정말 보고 싶다오,
조용히 전나무 아래에 앉아서 말이오.

디오뉘소스:

몰래 숨어 간다 해도,
그들이 찾아낼 텐데요.

Διόνυσος

τί δ᾿ εἰς ἔρωτα τοῦδε πέπτωκας μέγαν;

Πενθεύς

λυπρῶς νιν εἰσίδοιμ᾿ ἂν ἐξῳνωμένας.

Διόνυσος

ὅμως δ᾿ ἴδοις ἂν ἡδέως ἅ σοι πικρά;   815

Πενθεύς

σάφ᾿ ἴσθι, σιγῇ γ᾿ ὑπ᾿ ἐλάταις καθήμενος.

Διόνυσος

ἀλλ᾿ ἐξιχνεύσουσίν σε, κἂν ἔλθῃς λάθρᾳ.

펜테우스:

맞는 말이오.

그러면 공개적으로 드러낸 채 가겠네.

디오뉘소스:

안내해 드릴 테니,

자, 길을 떠나보실까요?

펜테우스:

즉시 가도록 하지,

조금도 지체하지 말게나.   820

디오뉘소스:

그럼, 고운 린넨 천으로

만든 겉옷을 두르시오.

펜테우스:

그건 왜?

남자인 내가 여자처럼 되라고?

Πενθεύς

ἀλλ᾽ ἐμφανῶς· καλῶς γὰρ ἐξεῖπας τάδε.

Διόνυσος

ἄγωμεν οὖν σε κἀπιχειρήσεις ὁδῷ;

Πενθεύς

ἄγ᾽ ὡς τάχιστα, τοῦ χρόνου δέ σοι φθονῶ.   820

Διόνυσος

στεῖλαί νυν ἀμφὶ χρωτὶ βυσσίνους πέπλους.

Πενθεύς

τί δὴ τόδ᾽; ἐς γυναῖκας ἐξ ἀνδρὸς τελῶ;

디오뉘소스:

거기서 남자처럼 보인다면,

그들은 그대를 죽이려 할 것이오.

펜테우스:

역시 올바른 말만 하는군.

줄곧 현명하군 그래!

디오뉘소스:

디오뉘소스 신께서 나에게

이 모든 것들을 가르쳐주셨지요.   825

펜테우스:

당신의 조언을 제대로 수행하려면

내가 어떻게 해야 하지?

디오뉘소스:

안으로 들어가서 옷을 입혀드리지요.

Διόνυσος

μή σε κτάνωσιν, ἢν ἀνὴρ ὀφθῇς ἐκεῖ.

Πενθεύς

εὖ γ᾽ εἶπας αὖ τόδ᾽: ὥς τις εἶ πάλαι σοφός.

Διόνυσος

Διόνυσος ἡμᾶς ἐξεμούσωσεν τάδε.   825

Πενθεύς

πῶς οὖν γένοιτ᾽ ἂν ἃ σύ με νουθετεῖς καλῶς;

Διόνυσος

ἐγὼ στελῶ σε δωμάτων ἔσω μολών.

펜테우스:

어떤 옷? 여자 옷? 창피하구먼.

디오뉘소스:

박카이들을 보고 싶지 않나 보군요.

펜테우스:

내게 어떤 옷을 입히고 싶은가?   830

디오뉘소스:

그대의 머릿결을 길게 늘어뜨릴 것이오.

펜테우스:

그 다음으로 치장할 것은 뭔가?

디오뉘소스:

발까지 내려오는 겉옷이오,

그리고 머리띠를 두를 것이오.

Πενθεύς

τίνα στολήν; ἦ θῆλυν; ἀλλ᾽ αἰδώς μ᾽ ἔχει.

Διόνυσος

οὐκέτι θεατὴς μαινάδων πρόθυμος εἶ.

Πενθεύς

στολὴν δὲ τίνα φὴς ἀμφὶ χρῶτ᾽ ἐμὸν βαλεῖν;   830

Διόνυσος

κόμην μὲν ἐπὶ σῷ κρατὶ ταναὸν ἐκτενῶ.

Πενθεύς

τὸ δεύτερον δὲ σχῆμα τοῦ κόσμου τί μοι;

Διόνυσος

πέπλοι ποδήρεις: ἐπὶ κάρᾳ δ᾽ ἔσται μίτρα.

펜테우스:

또 무엇을 더하려하오?

디오뉘소스:

손에는 튀르소스 지팡이를 들고,

얼룩무늬 새끼사슴 가죽옷을 입을 것이오.　　　　　　835

펜테우스:

여자 옷을 입을 순 없지.

디오뉘소스:

박카이들과 싸우게 된다면

그대는 피를 보게 될 것이오.

펜테우스:

맞아, 가서 정탐을 해야만 하지.

디오뉘소스:

잘못된 판단으로 불행을 초래하기보다

더욱 현명한 판단을 하셨군요.

Πενθεύς

ἦ καί τι πρὸς τοῖσδ᾽ ἄλλο προσθήσεις ἐμοί;

Διόνυσος

θύρσον γε χειρὶ καὶ νεβροῦ στικτὸν δέρας.   835

Πενθεύς

οὐκ ἂν δυναίμην θῆλυν ἐνδῦναι στολήν.

Διόνυσος

ἀλλ᾽ αἷμα θήσεις συμβαλὼν βάκχαις μάχην.

Πενθεύς

ὀρθῶς: μολεῖν χρὴ πρῶτον εἰς κατασκοπήν.

Διόνυσος

σοφώτερον γοῦν ἢ κακοῖς θηρᾶν κακά.

펜테우스:

그런데 어떻게 시민들이 못 보게

이 도시를 몰래 지나갈 수 있을까?   840

디오뉘소스:

한적한 길로 안내하지요.

펜테우스:

어떤 것이라도

박카이들의 조롱거리가 되는 것보다는 낫지.

집 안으로 들어가서. . .

최선의 방도를 생각해보겠네.

디오뉘소스:

그렇게 하시오.

어떻게 하든 나는 따를 테니.

Πενθεύς

καὶ πῶς δι᾽ ἄστεως εἶμι Καδμείους λαθών; 840

Διόνυσος

ὁδοὺς ἐρήμους ἵμεν· ἐγὼ δ᾽ ἡγήσομαι.

Πενθεύς

πᾶν κρεῖσσον ὥστε μὴ ᾽γγελᾶν βάκχας ἐμοί.

ἐλθόντ᾽ ἐς οἴκους ... ἂν δοκῇ βουλεύσομαι.

Διόνυσος

ἔξεστι· πάντη τό γ᾽ ἐμὸν εὐτρεπὲς πάρα.

펜테우스:

들어가겠네.

무장을 하든지,   845

당신 말을 따르든지 하겠네.

(펜테우스가 왕궁으로 들어간다)

디오뉘소스:

여인들이여,

저자는 우리의 그물에 걸려들었어.

박카이들에게 가서

죽음으로 값을 치를 거야.

디오뉘소스, 이제 당신이 처리할 차례지.

당신은 멀리 있지 않으이.

우린 그에게 값을 치르게 할 거야.

먼저 그의 판단력을 무너뜨리고,   850

광기로 몰아가리라.

제 정신으로는 결코 여자 옷을

입으려 하지 않을 터이지만,

Πενθεύς

στείχοιμ' ἄν: ἢ γὰρ ὅπλ' ἔχων πορεύσομαι   845

ἢ τοῖσι σοῖσι πείσομαι βουλεύμασιν.

Διόνυσος

γυναῖκες, ἀνὴρ ἐς βόλον καθίσταται,

ἥξει δὲ βάκχας, οὗ θανὼν δώσει δίκην.

Διόνυσε, νῦν σὸν ἔργον: οὐ γὰρ εἶ πρόσω:

τεισώμεθ' αὐτόν. πρῶτα δ' ἔκστησον φρενῶν,   850

ἐνεὶς ἐλαφρὰν λύσσαν: ὡς φρονῶν μὲν εὖ

οὐ μὴ θελήσῃ θῆλυν ἐνδῦναι στολήν,

정신이 흐려지면 입게 될 거야.
이전에 그토록 위협적으로 굴던 자가
여자 옷을 입고 시내를 지나게 하여,   855
나는 그가 테바이 시민들의
웃음거리가 되게 할 거야.

이제 나는 그에게 옷을 입히러 가겠네.
그는 그 옷을 입고,
제 어미의 손에 죽어 저승길로 갈 거야.

그는 제우스 신의 아들인 디오뉘소스가
인간들에게 가장 두렵고,   860
가장 온화한 신임을 깨닫게 될 거야.

(뒤오뉘소스가 뒤따라 나간다)

코로스:
언제 쯤 나는
신령에 사로잡힌 채,
이슬 머금은 대기 속으로

ἔξω δ' ἐλαύνων τοῦ φρονεῖν ἐνδύσεται.

χρήζω δέ νιν γέλωτα Θηβαίοις ὀφλεῖν

γυναικόμορφον ἀγόμενον δι' ἄστεως   855

ἐκ τῶν ἀπειλῶν τῶν πρίν, αἷσι δεινὸς ἦν.

ἀλλ' εἶμι κόσμον ὅνπερ εἰς Ἅιδου λαβὼν

ἄπεισι μητρὸς ἐκ χεροῖν κατασφαγείς,

Πενθεῖ προσάψων· γνώσεται δὲ τὸν Διὸς

Διόνυσον, ὃς πέφυκεν ἐν τέλει θεός,   860

δεινότατος, ἀνθρώποισι δ' ἠπιώτατος.

Χορός

ἆρ' ἐν παννυχίοις χοροῖς

θήσω ποτὲ λευκὸν

머리를 흔들어 대며,
밤을 새워 하얀 발로 춤을 출까?   865
사냥꾼이 사냥개를 몰아 부칠 때,
잘 짜인 그물을 뛰어넘고
몰이꾼들을 피해 달아난
한 마리 새끼 사슴처럼,
푸른 초장을 뛰노는도다.   870

전력으로 질풍 같이 달려
강가의 풀밭으로 달아나,
사람 없는 한적한 곳,
우거진 숲
나무그늘 아래서   875
즐거워하노라.

지혜가 무엇이오?
원수의 머리 위에
승리의 손을 얹는 것보다
더 큰 명예로운 선물을
신께서 주셨던가?   880

πόδ᾽ ἀναβακχεύουσα, δέραν

εἰς αἰθέρα δροσερὸν ῥίπτουσ᾽, 865

ὡς νεβρὸς χλοεραῖς ἐμπαί-

ζουσα λείμακος ἡδοναῖς,

ἡνίκ᾽ ἂν φοβερὰν φύγῃ

θήραν ἔξω φυλακᾶς

εὐπλέκτων ὑπὲρ ἀρκύων, 870

θωΰσσων δὲ κυναγέτας

συντείνῃ δράμημα κυνῶν:

μόχθοις τ᾽ ὠκυδρόμοις τ᾽ ἀέλ-

λαις θρῴσκει πεδίον

παραποτάμιον, ἡδομένα

βροτῶν ἐρημίαις σκιαρο- 875

κόμοιό τ᾽ ἔρνεσιν ὕλας.

τί τὸ σοφόν; ἢ τί τὸ κάλλιον

παρὰ θεῶν γέρας ἐν βροτοῖς

ἢ χεῖρ᾽ ὑπὲρ κορυφᾶς

τῶν ἐχθρῶν κρείσσω κατέχειν; 880

명예로운 것은 언제나 소중한 법.
신의 징계는 더디지만,
반드시 임하나니,
미친 생각으로
우둔함을 찬미하며   885
신을 경외하지 않는 자들을
응징하시리라.

신께서는
오래 참으시며
몸을 숨기시니,
때가 이르매
불경한 자는 파멸하도다.   890
지식과 행위가
인간의 도리를 지나치면 안 되는 법.
신적 권능,
그리고 오랜 전통과
인간의 도리를
존중하는 것이   895
희생을 줄이는 지혜이지요.

ὅ τι καλὸν φίλον ἀεί.

ὁρμᾶται μόλις, ἀλλ᾿ ὅμως

πιστόν τι τὸ θεῖον

σθένος· ἀπευθύνει δὲ βροτῶν

τούς τ᾿ ἀγνωμοσύναν τιμῶν-   885

τας καὶ μὴ τὰ θεῶν αὔξον-

τας σὺν μαινομένᾳ δόξᾳ.

κρυπτεύουσι δὲ ποικίλως

δαρὸν χρόνου πόδα καὶ

θηρῶσιν τὸν ἄσεπτον. οὐ   890

γὰρ κρεῖσσόν ποτε τῶν νόμων

γιγνώσκειν χρὴ καὶ μελετᾶν.

κοῦφα γὰρ δαπάνα νομί-

ζειν ἰσχὺν τόδ᾿ ἔχειν,

ὅ τι ποτ᾿ ἄρα τὸ δαιμόνιον,

τό τ᾿ ἐν χρόνῳ μακρῷ νόμιμον   895

ἀεὶ φύσει τε πεφυκός.

지혜가 무엇이오?
원수의 머리 위에
승리의 손을 얹는 것보다
더 큰 명예로운 선물을
신께서 주셨던가?   900
명예로운 것은 언제나 소중한 법.

바다의 폭풍을 피해
항구에 정박한 자는 행복하도다.
고난을 벗어난 자는 행복하도다.
부와 권력을 얻으려
갖은 방법을 쓰며   905
서로가 서로를 앞질러 가도다.

수많은 인간이
수많은 희망을 품지만,
어떤 것은 복이 되고
어떤 것은 수포로 돌아가도다.
하지만 그날그날 행복한 자가   910
복이 있다 할지어다.

τί τὸ σοφόν; ἢ τί τὸ κάλλιον

παρὰ θεῶν γέρας ἐν βροτοῖς

ἢ χεῖρ᾽ ὑπὲρ κορυφᾶς

τῶν ἐχθρῶν κρείσσω κατέχειν;   900

ὅ τι καλὸν φίλον ἀεί.

εὐδαίμων μὲν ὃς ἐκ θαλάσσας

ἔφυγε χεῖμα, λιμένα δ᾽ ἔκιχεν·

εὐδαίμων δ᾽ ὃς ὕπερθε μόχθων

ἐγένεθ᾽· ἑτέρᾳ δ᾽ ἕτερος ἕτερον   905

ὄλβῳ καὶ δυνάμει παρῆλθεν.

μυρίαι δ᾽ ἔτι μυρίοις

εἰσὶν ἐλπίδες· αἳ μὲν

τελευτῶσιν ἐν ὄλβῳ

βροτοῖς, αἳ δ᾽ ἀπέβησαν·

τὸ δὲ κατ᾽ ἦμαρ ὅτῳ βίοτος   910

εὐδαίμων, μακαρίζω.

(디오뉘소스 등장)

디오뉘소스:

금지된 것을 보고 싶어 하고,

금지된 것을 쫓아 서두르는

펜테우스여, 어서 집에서 나와

모습을 드러내시오.

박카이 차림을 하고   915

당신의 어머니와 그 무리를

정탐하러 갑시다.

(박카이처럼 차려입은 펜테우스 등장)

당신의 차림새는 정말

테바이 여인의 모습 같구려.

펜테우스:

내게는 태양도 둘이고,

일곱 성문의 도시인

테바이도 둘로 보이구려.

Διόνυσος

σὲ τὸν πρόθυμον ὄνθ᾽ ἃ μὴ χρεὼν ὁρᾶν

σπεύδοντά τ᾽ ἀσπούδαστα, Πενθέα λέγω,

ἔξιθι πάροιθε δωμάτων, ὄφθητί μοι,

σκευὴν γυναικὸς μαινάδος βάκχης ἔχων,   915

μητρός τε τῆς σῆς καὶ λόχου κατάσκοπος:

πρέπεις δὲ Κάδμου θυγατέρων μορφὴν μιᾷ.

Πενθεύς

καὶ μὴν ὁρᾶν μοι δύο μὲν ἡλίους δοκῶ,

δισσὰς δὲ Θήβας καὶ πόλισμ᾽ ἑπτάστομον:

나를 인도하는 당신도

머리에 뿔이 난 황소 같구려.　　　　　　　　　　920

당신은 원래 짐승이었나?

내 눈엔 분명 황소로 보인다네.

디오뉘소스:

신께서 우리와 동행하신다오,

전에는 적대적이었으나

이제는 휴전 중이라오.

이제 그대는 제대로 보고 있구려.

펜테우스:

내 모습은 어떤가?

내 어머니 아가우에　　　　　　　　　　925

혹은 내 이모인 이노를 닮지 않았나?

καὶ ταῦρος ἡμῖν πρόσθεν ἡγεῖσθαι δοκεῖς   920

καὶ σῷ κέρατα κρατὶ προσπεφυκέναι.

ἀλλ᾽ ἦ ποτ᾽ ἦσθα θήρ; τεταύρωσαι γὰρ οὖν.

Διόνυσος

ὁ θεὸς ὁμαρτεῖ, πρόσθεν ὢν οὐκ εὐμενής,

ἔνσπονδος ἡμῖν· νῦν δ᾽ ὁρᾷς ἃ χρή σ᾽ ὁρᾶν.

Πενθεύς

τί φαίνομαι δῆτ᾽; οὐχὶ τὴν Ἰνοῦς στάσιν   925

ἢ τὴν Ἀγαύης ἑστάναι, μητρός γ᾽ ἐμῆς;

디오뉘소스:

당신을 보니 그들을 보는 것 같구려.

그런데 머리칼이 내가

다듬어준 대로 있지 않고

머리띠에서 삐져나와 있구려.

펜테우스:

박카이 춤을 추며

머리를 앞뒤로 흔들었더니   930

헝클어졌나 보군.

디오뉘소스:

당신의 시중을 들기로 했으니

내가 다듬어 드리리다. 머리를 드시오.

펜테우스:

자, 다듬어 보오.

당신의 손에 나를 맡겼으니 말이오.

Διόνυσος

αὐτὰς ἐκείνας εἰσορᾶν δοκῶ σ᾽ ὁρῶν.

ἀλλ᾽ ἐξ ἕδρας σοι πλόκαμος ἐξέστηχ᾽ ὅδε,

οὐχ ὡς ἐγώ νιν ὑπὸ μίτρᾳ καθήρμοσα.

Πενθεύς

ἔνδον προσείων αὐτὸν ἀνασείων τ᾽ ἐγὼ   930

καὶ βακχιάζων ἐξ ἕδρας μεθώρμισα.

Διόνυσος

ἀλλ᾽ αὐτὸν ἡμεῖς, οἷς σε θεραπεύειν μέλει,

πάλιν καταστελοῦμεν· ἀλλ᾽ ὄρθου κάρα.

Πενθεύς

ἰδού, σὺ κόσμει· σοὶ γὰρ ἀνακείμεσθα δή.

디오뉘소스:

허리띠도 헐겁고,

겉옷 밑단의 주름도   935

발목 아래로 가지런하지 못하구려.

펜테우스:

오른쪽 발목으로는 분명 그렇군.

반대편은 가지런해 보이는데 말이오.

디오뉘소스:

당신의 생각과는 달리,

정숙한 박카이들을 보게 되면

나를 가장 좋은 친구로 여길 것이오.   940

펜테우스:

박카이들 같이 하려면

튀르소스 지팡이를

오른손에 들어야 하나? 아니면 왼손에?

Διόνυσος

ζῶναί τέ σοι χαλῶσι κοὐχ ἑξῆς πέπλων   935

στολίδες ὑπὸ σφυροῖσι τείνουσιν σέθεν.

Πενθεύς

κἀμοὶ δοκοῦσι παρά γε δεξιὸν πόδα·

τἀνθένδε δ᾽ ὀρθῶς παρὰ τένοντ᾽ ἔχει πέπλος.

Διόνυσος

ἦ πού με τῶν σῶν πρῶτον ἡγήσῃ φίλων,

ὅταν παρὰ λόγον σώφρονας βάκχας ἴδῃς.   940

Πενθεύς

πότερα δὲ θύρσον δεξιᾷ λαβὼν χερὶ

ἢ τῇδε, βάκχῃ μᾶλλον εἰκασθήσομαι;

디오뉘소스:

오른손에 들어야 하오.

오른발을 올릴 때 같이 올리시오.

그리고 당신이 마음을 바꿨다니

정말 잘됐군요.

펜테우스:

박카이들을 포함해서

키타이론 산골짜기 전체를   945

내 어깨에 멜 수 있을까?

디오뉘소스:

원하면 할 수 있지요.

전에는 당신 생각이 비정상이었는데,

이제는 정상적으로 생각을 하는구려.

펜테우스:

지렛대를 가져갈까?

아니면 손으로 산을 들어서

어깨나 팔에 얹어야 할까?   950

Διόνυσος

ἐν δεξιᾷ χρὴ χἅμα δεξιῷ ποδὶ

αἴρειν νιν: αἰνῶ δ᾽ ὅτι μεθέστηκας φρενῶν.

Πενθεύς

ἆρ᾽ ἂν δυναίμην τὰς Κιθαιρῶνος πτυχὰς   945

αὐταῖσι βάκχαις τοῖς ἐμοῖς ὤμοις φέρειν;

Διόνυσος

δύναι᾽ ἄν, εἰ βούλοιο: τὰς δὲ πρὶν φρένας

οὐκ εἶχες ὑγιεῖς, νῦν δ᾽ ἔχεις οἵας σε δεῖ.

Πενθεύς

μοχλοὺς φέρωμεν; ἢ χεροῖν ἀνασπάσω

κορυφαῖς ὑποβαλὼν ὦμον ἢ βραχίονα;   950

디오뉘소스:

요정이 사는 곳,

판 신이 나무피리를 부는 곳을

망치지 마오.

펜테우스:

그래 맞아.

힘으로 여인들을 억누르면 안 되지.

그냥 전나무 속에 숨어 있겠네.

디오뉘소스:

박카이를 엿보려면 노련한 정탐꾼 같이   955

제대로 몸을 숨겨야 할 것이오.

펜테우스:

그들은 새들처럼 덤불 속에서

짝짓기를 하며 붙어있겠지.

Διόνυσος

μὴ σύ γε τὰ Νυμφῶν διολέσῃς ἱδρύματα

καὶ Πανὸς ἕδρας ἔνθ᾽ ἔχει συρίγματα.

Πενθεύς

καλῶς ἔλεξας: οὐ σθένει νικητέον

γυναῖκας: ἐλάταισιν δ᾽ ἐμὸν κρύψω δέμας.

Διόνυσος

κρύψῃ σὺ κρύψιν ἥν σε κρυφθῆναι χρεών,   955

ἐλθόντα δόλιον μαινάδων κατάσκοπον.

Πενθεύς

καὶ μὴν δοκῶ σφᾶς ἐν λόχμαις ὄρνιθας ὡς

λέκτρων ἔχεσθαι φιλτάτοις ἐν ἕρκεσιν.

디오뉘소스:

그러니 그것을 감시하라고

당신이 파견되는 것이오.

당신이 먼저 붙잡히지 않으면,

그들을 붙잡게 될 것이오.   960

펜테우스:

나를 테바이 땅 한 가운데를

지나도록 인도하시오.

이 일을 감행할 이는 나밖에 없으니.

디오뉘소스:

이 나라를 위해 그 짐을

질 사람은 당신밖에 없다오.

그러니 당신에게 걸맞은 일이 기다린다오.

나를 따르시오.

안전하게 인도하리이다.   965

돌아오는 길은

다른 이가 인도할 것이오.

Διόνυσος

οὐκοῦν ἐπ᾽ αὐτὸ τοῦτ᾽ ἀποστέλλῃ φύλαξ:

λήψῃ δ᾽ ἴσως σφᾶς, ἢν σὺ μὴ ληφθῇς πάρος.   960

Πενθεύς

κόμιζε διὰ μέσης με Θηβαίας χθονός:

μόνος γὰρ αὐτῶν εἰμ᾽ ἀνὴρ τολμῶν τόδε.

Διόνυσος

μόνος σὺ πόλεως τῆσδ᾽ ὑπερκάμνεις, μόνος:

τοιγάρ σ᾽ ἀγῶνες ἀναμένουσιν οὓς ἐχρῆν.

ἕπου δέ: πομπὸς δ᾽ εἶμ᾽ ἐγὼ σωτήριος,   965

κεῖθεν δ᾽ ἀπάξει σ᾽ ἄλλος.

펜테우스:

나의 어머니겠지.

디오뉘소스:

만인의 주목을 받으며.

펜테우스:

그곳에 가겠지.

디오뉘소스:

들려서 돌아오겠지.

펜테우스:

나를 호사시켜주는군.

디오뉘소스:

어머니의 손에 들려서.

펜테우스:

나를 정말 호사시키려는군.

Πενθεύς

ἡ τεκοῦσά γε.

Διόνυσος

ἐπίσημον ὄντα πᾶσιν.

Πενθεύς

ἐπὶ τόδ᾽ ἔρχομαι.

Διόνυσος

φερόμενος ἥξεις ...

Πενθεύς

ἁβρότητ᾽ ἐμὴν λέγεις.

Διόνυσος

ἐν χερσὶ μητρός.

Πενθεύς

καὶ τρυφᾶν μ᾽ ἀναγκάσεις.

디오뉘소스:

정말 그런 호사를 누릴 것이오.   970

펜테우스:

나는 그런 대접을 받을 만하지.

(펜테우스가 앞서 나간다)

디오뉘소스:

정말 대단한 당신이

대단한 경험을 하러 가는구려,

하늘을 찌르는 대단한 명성을

얻게 되겠구려.

카드모스의 딸들인

아가우에와 그 자매들이여

손을 내밀어 맞을 지어다.

내가 이 젊은이를 큰 싸움터로 인도하노니,

디오뉘소스 신과 내가 승리자가 되리라.   975

그 나머지는 보면 알게 되리라.

Διόνυσος

τρυφάς γε τοιάσδε.   970

Πενθεύς

ἀξίων μὲν ἅπτομαι.

Διόνυσος

δεινὸς σὺ δεινὸς κἀπὶ δείν᾽ ἔρχῃ πάθη,

ὥστ᾽ οὐρανῷ στηρίζον εὑρήσεις κλέος.

ἔκτειν᾽, Ἀγαύη, χεῖρας αἵ θ᾽ ὁμόσποροι

Κάδμου θυγατέρες· τὸν νεανίαν ἄγω

τόνδ᾽ εἰς ἀγῶνα μέγαν, ὁ νικήσων δ᾽ ἐγὼ   975

καὶ Βρόμιος ἔσται. τἄλλα δ᾽ αὐτὸ σημανεῖ.

(그를 뒤따라 나간다)

코로스:
복수의 여신들이 몰고 다니는
날쌘 사냥개들이여,
카드모스의 딸들이
축제를 벌이고 있는
산으로 달려갈지니,
여자 옷을 입고
그들을 정탐하러 온
미치광이를 향해   980
박카이들을 몰아가라.

바위나 나무에 숨어
정탐을 하는 그를
그의 어머니가 맨 먼저 보고
박카이들에게 소리치리라,
"박카이들이여, 이자가 누군가?   985
박코스 축제를 벌이는 산으로
카드모스의 딸들을 정탐하러왔도다.

Χορός

ἴτε θοαὶ Λύσσας κύνες ἴτ᾽ εἰς ὄρος,

θίασον ἔνθ᾽ ἔχουσι Κάδμου κόραι,

ἀνοιστρήσατέ νιν

ἐπὶ τὸν ἐν γυναικομίμῳ στολᾷ   980

λυσσώδη κατάσκοπον μαινάδων.

μάτηρ πρῶτά νιν λευρᾶς ἀπὸ πέτρας

ἢ σκόλοπος ὄψεται

δοκεύοντα, μαινάσιν δ᾽ ἀπύσει:

Τίς ὅδ᾽ ὀρειδρόμων   985

μαστὴρ Καδμείων ἐς ὄρος ἐς ὄρος ἔμολ᾽

ἔμολεν, ὦ βάκχαι; τίς ἄρα νιν ἔτεκεν;

누가 그를 낳았던가?

그는 여인의 자식이 아니라,

암사자의 새끼, 혹은

뱀의 머리가 달린 고르곤의 새끼로다.　　　　　　990

정의의 여신이여,

만천하가 보도록

정의의 검을 가지고 임하소서.

저 불경하고, 무법하고, 불의한

에키온의 자식,

그의 목을 쳐 죽이소서.　　　　　　　　　　995

박코스 신과

그 어머니를 경배하지 않고,

악한 생각과

불의한 광기를 품고

결코 이길 수 없는 것에 대항하며,

힘으로 이기려고　　　　　　　　　　　　1000

미친 마음으로 달려드는 자는

죽음이 지혜를 가르치나니,

οὐ γὰρ ἐξ αἵματος

γυναικῶν ἔφυ, λεαίνας δέ τινος

ὅδ᾽ ἢ Γοργόνων Λιβυσσᾶν γένος.   990

ἴτω δίκα φανερός,

ἴτω ξιφηφόρος

φονεύουσα λαιμῶν διαμπὰξ

τὸν ἄθεον ἄνομον

ἄδικον Ἐχίονος   995

γόνον γηγενῆ.

ὃς ἀδίκῳ γνώμᾳ παρανόμῳ τ᾽ ὀργᾷ

περὶ σὰ Βάκχι᾽, ὄργια ματρός τε σᾶς

μανείσᾳ πραπίδι

παρακόπῳ τε λήματι στέλλεται,   1000

τἀνίκατον ὡς κρατήσων βίᾳ,

신성에 대항하는 자에게는
변명의 여지가 없도다.

인간의 분깃을 지키는 것이
고통에서 벗어나는 길이니,
나는 똑똑한 자가
부럽지 않다네.   1005
나는 그들과 다른
원대하고 신실한 것을 좇으니
기쁨이 넘치도다.

항상 선한 것을 좇으며,
밤낮으로 순전하고 경건하며,
신들을 경외하며,
불의한 길을 멀리하는
그런 삶이 복되도다.   1010

정의의 여신이여,
만천하가 보도록
정의의 검을 가지고 임하소서.

γνωμᾶν σωφρόνα θάνατος ἀπροφάσι-

στος ἐς τὰ θεῶν ἔφυ:

βροτείως τ᾽ ἔχειν ἄλυπος βίος.

τὸ σοφὸν οὐ φθονῶ: 1005

χαίρω θηρεύουσα: τὰ δ᾽ ἕτερα μεγάλα

φανερά τ᾽: ὤ, νάειν ἐπὶ τὰ καλὰ βίον,

ἦμαρ ἐς νύκτα τ᾽ εὐ-

αγοῦντ᾽ εὐσεβεῖν, τὰ δ᾽ ἔξω νόμιμα

δίκας ἐκβαλόντα τιμᾶν θεούς.   1010

ἴτω δίκα φανερός,

ἴτω ξιφηφόρος

φονεύουσα λαιμῶν διαμπὰξ

저 불경하고, 무법하고, 불의한
에키온의 자식,   1015
그의 목을 쳐 죽이소서.

모습을 나타내 보이소서,
황소 혹은 머리가 여럿인 뱀,
아니면 불을 내뿜는 사자의 모습으로.
오, 박코스 신이시여,
박카이들을 쫓는 저 사냥꾼에게   1020
미소 띤 얼굴로 임하사,
죽음의 올가미를 던져
박카이들 손에 꺼꾸러지게 하소서.

τὸν ἄθεον ἄνομον

ἄδικον Ἐχίονος   1015

τόκον γηγενῆ.

φάνηθι ταῦρος ἢ πολύκρανος ἰδεῖν

δράκων ἢ πυριφλέγων ὁρᾶσθαι λέων.

ἴθ', ὦ Βάκχε, θηραγρευτᾷ βακχᾶν   1020

γελῶντι προσώπῳ περίβαλε βρόχον

θανάσιμον ὑπ' ἀγέλαν πεσόν-

τι τὰν μαινάδων.

(키타이론 산으로 부터 소식을 가지고 사자가 등장한다)

사자:

옛적에 페니키아 출신의 카드모스가

무시무시한 용을 죽여

그 이빨을 땅에 뿌리니,

군사들이 태어났도다.

그들과 함께 이 나라를 건국하고

한때 번성했던 가문이여!   1025

내 비록 천한 노예이지만,

주인의 불운을 애도하노니,

이는 선한 하인의 도리이도다.

코로스:

박카이들에게서 무슨 소식이라도 있소?

사자:

에키온의 아들 펜테우스께서 돌아가셨소.   1030

Ἄγγελος

ὦ δῶμ᾽ ὃ πρίν ποτ᾽ εὐτύχεις ἀν᾽ Ἑλλάδα,

Σιδωνίου γέροντος, ὃς τὸ γηγενὲς   1025

δράκοντος ἔσπειρ᾽ Ὄφεος ἐν γαίᾳ θέρος,

ὥς σε στενάζω, δοῦλος ὢν μέν, ἀλλ᾽ ὅμως

χρηστοῖσι δούλοις συμφορὰ τὰ δεσποτῶν.

Χορός

τί δ᾽ ἔστιν; ἐκ βακχῶν τι μηνύεις νέον;

Ἄγγελος

Πενθεὺς ὄλωλεν, παῖς Ἐχίονος πατρός.   1030

코로스:

우리 주 박코스 신이시여,

정녕 위대하신 신이십니다.

사자:

어찌 그런 말을 하오? 여인이여,

내 주인의 불행이 기쁘단 말이오?

코로스:

이방인인 나는

이방인의 노래로 찬양을 드리지요.

이제 더 이상 족쇄 따위를

두려워할 필요가 없으니까요.   1035

사자:

테바이 땅에 남자들이

씨가 마른 줄 아나 보구려.

Χορός

ὦναξ Βρόμιε, θεὸς φαίνῃ μέγας.

Ἄγγελος

πῶς φῄς; τί τοῦτ' ἔλεξας; ἦ 'πὶ τοῖς ἐμοῖς

χαίρεις κακῶς πράσσουσι δεσπόταις, γύναι;

Χορός

εὐάζω ξένα μέλεσι βαρβάροις·

οὐκέτι γὰρ δεσμῶν ὑπὸ φόβῳ πτήσσω.   1035

Ἄγγελος

Θήβας δ' ἀνάνδρους ὧδ' ἄγεις ...

*

코로스:

나를 인도하시는 힘은,

테바이가 아니라

디오뉘소스 바로 그분이시오.

사자:

이해는 하겠소만, 여인이여,

불행한 일을 기뻐하는 것은

좋아 보이지 않구려.   1040

코로스:

불의를 일삼던 그자가

어떻게 죽었는지 말해 보오.

사자:

펜테우스 왕과 그를 수행한 나,

그리고 거기로 안내하는 그 이방인은

함께 이 도시를 떠나,   1045

아소포스 강을 건너

키타이론 산을 오르기 시작했소.

Χορός

ὁ Διόνυσος ὁ Διόνυσος, οὐ Θῆβαι

κράτος ἔχουσ᾽ ἐμόν.

Ἄγγελος

συγγνωστὰ μέν σοι, πλὴν ἐπ᾽ ἐξειργασμένοις

κακοῖσι χαίρειν, ὦ γυναῖκες, οὐ καλόν.   1040

Χορός

ἔννεπέ μοι, φράσον, τίνι μόρῳ θνήσκει

ἄδικος ἄδικά τ᾽ ἐκπορίζων ἀνήρ;

Ἄγγελος

ἐπεὶ θεράπνας τῆσδε Θηβαίας χθονὸς

λιπόντες ἐξέβημεν Ἀσωποῦ ῥοάς,

λέπας Κιθαιρώνειον εἰσεβάλλομεν   1045

Πενθεύς τε κἀγώ--δεσπότῃ γὰρ εἱπόμην--

ξένος θ᾽ ὃς ἡμῖν πομπὸς ἦν θεωρίας.

먼저 숲이 우거진 계곡에 앉아,

발소리와 말소리를 죽이며

들키지 않게 정탐하려 했지요.　　　　　　　　　1050

가파른 절벽 사이로

물이 흐르고 소나무 그늘이 있는

작은 계곡이 보였는데,

거기에 박카이들이 앉아서

즐거이 손을 놀려 일하고 있었지요.

어떤 이는 담쟁이 넝쿨로

튀르소스 지팡이를 다시 치장하고,　　　　　　　1055

어떤 이들은 멍에에서 풀려난

망아지처럼 즐거이 화답하며

박코스 축제의 노래를 부르고 있었지요.

그때 그 불운한 펜테우스 왕은

여인의 무리를 제대로 볼 수 없다며

이렇게 말했지요.

"이방인이여, 우리가 선 이곳에서는

저 부정한 여인들을 볼 수 없으니,　　　　　　　1060

πρῶτον μὲν οὖν ποιηρὸν ἵζομεν νάπος,

τά τ᾽ ἐκ ποδῶν σιγηλὰ καὶ γλώσσης ἄπο

σᾠζοντες, ὡς ὁρῶμεν οὐχ ὁρώμενοι.   1050

ἦν δ᾽ ἄγκος ἀμφίκρημνον, ὕδασι διάβροχον,

πεύκαισι συσκιάζον, ἔνθα μαινάδες

καθῆντ᾽ ἔχουσαι χεῖρας ἐν τερπνοῖς πόνοις.

αἳ μὲν γὰρ αὐτῶν θύρσον ἐκλελοιπότα

κισσῷ κομήτην αὖθις ἐξανέστεφον,   1055

αἳ δ᾽, ἐκλιποῦσαι ποικίλ᾽ ὡς πῶλοι ζυγά,

βακχεῖον ἀντέκλαζον ἀλλήλαις μέλος.

Πενθεὺς δ᾽ ὁ τλήμων θῆλυν οὐχ ὁρῶν ὄχλον

ἔλεξε τοιάδ᾽: Ὦ ξέν᾽, οὗ μὲν ἔσταμεν,

οὐκ ἐξικνοῦμαι μαινάδων ὄσσοις νόθων: 1060

언덕 위 높다란 전나무에 오르면
박카이들의 부정한 짓을
제대로 볼 수 있을 듯하네."

그리고 그때 나는 그 이방인이 행하는
기적 같은 일을 보았지요.
그가 그 나무의 높다란 꼭대기를
땅으로 끌어당기고 당겨서,   1065
활처럼, 원호를 그리며 도는
둥근 바퀴 같이 휘어졌는데,
산에서 자라는 나뭇가지를
손으로 그렇게 휘게 하는 것은
인간의 능력 밖이었소.
그 가지 위에 펜테우스 왕을 앉히고는,   1070
그가 튕겨나가기지 않도록 서서히
그것을 다시 치솟아 오르게 했지요.
그 나무는 우리 왕을 등에 태운 채
하늘 높이 치솟아 올랐답니다.

ὄχθων δ᾽ ἔπ᾽, ἀμβὰς ἐς ἐλάτην ὑψαύχενα,

ἴδοιμ᾽ ἂν ὀρθῶς μαινάδων αἰσχρουργίαν.

τοὐντεῦθεν ἤδη τοῦ ξένου τὸ θαῦμ᾽ ὁρῶ:

λαβὼν γὰρ ἐλάτης οὐράνιον ἄκρον κλάδον

κατῆγεν, ἦγεν, ἦγεν ἐς μέλαν πέδον: 1065

κυκλοῦτο δ᾽ ὥστε τόξον ἢ κυρτὸς τροχὸς

τόρνῳ γραφόμενος περιφορὰν ἕλκει δρόμον:

ὣς κλῶν᾽ ὄρειον ὁ ξένος χεροῖν ἄγων

ἔκαμπτεν ἐς γῆν, ἔργματ᾽ οὐχὶ θνητὰ δρῶν.

Πενθέα δ᾽ ἱδρύσας ἐλατίνων ὄζων ἔπι, 1070

ὀρθὸν μεθίει διὰ χερῶν βλάστημ᾽ ἄνω

ἀτρέμα, φυλάσσων μὴ ἀναχαιτίσειέ νιν,

ὀρθὴ δ᾽ ἐς ὀρθὸν αἰθέρ᾽ ἐστηρίζετο,

ἔχουσα νώτοις δεσπότην ἐφήμενον:

그가 그들을 보기보다는,
박카이들이 그를 보기 좋도록
높이 훤히 드러나게 앉았지요.   1075
그 순간 그 이방인의 모습은
어디에도 보이지 않았고,
하늘에서 음성이 들려왔는데,
내 생각에 디오뉘소스 신 같았소.

"젊은 여인들이여, 여러분과 나,
그리고 박코스 축제를 조롱한 자를   1080
데려왔노라. 그를 처단할지어다!"

이 음성이 들리자,
하늘과 땅 사이에
신령한 불빛이 번쩍였답니다.
그 순간 온 대기가 고요해졌고,
울창한 골짜기의 나뭇잎도 잠잠했으며,
어떤 짐승의 소리도 들리지 않았소.   1085

ὤφθη δὲ μᾶλλον ἢ κατεῖδε μαινάδας.   1075

ὅσον γὰρ οὔπω δῆλος ἦν θάσσων ἄνω,

καὶ τὸν ξένον μὲν οὐκέτ᾽ εἰσορᾶν παρῆν,

ἐκ δ᾽ αἰθέρος φωνή τις, ὡς μὲν εἰκάσαι

Διόνυσος, ἀνεβόησεν: Ὦ νεάνιδες,

ἄγω τὸν ὑμᾶς κἀμὲ τἀμά τ᾽ ὄργια   1080

γέλων τιθέμενον: ἀλλὰ τιμωρεῖσθέ νιν.

καὶ ταῦθ᾽ ἅμ᾽ ἠγόρευε καὶ πρὸς οὐρανὸν

καὶ γαῖαν ἐστήριξε φῶς σεμνοῦ πυρός.

σίγησε δ᾽ αἰθήρ, σῖγα δ᾽ ὕλιμος νάπη

φύλλ᾽ εἶχε, θηρῶν δ᾽ οὐκ ἂν ἤκουσας βοήν.   1085

하지만 그 음성을 명확히 알아듣지 못한 채
박카이들이 일어서서 주위를 두리번거리자,
재차 그 음성이 울려왔고,
박코스 신의 명령을 명확히
알아차린 카드모스의 딸들이
산비둘기처럼 쏜살같이 내달렸소.   1090
펜테우스의 어머니 아가우에와 그 자매들,
그리고 모든 박카이들이 말이오.

그들은 신령한 광기에 이끌려,
급류가 흐르는 계곡과
암벽을 뛰어 넘어갔답니다.
그들이 전나무 위에 앉아 있는
펜테우스 왕을 보았을 때,   1095
맞은편 바위에 올라가
돌을 던지기 시작했지요.
불운한 표적이 된 펜테우스를 향해
전나무 가지를 던지기도 하고,
튀르소스 지팡이를 던지기도 했지만,   1100

αἳ δ᾽ ὠσὶν ἠχὴν οὐ σαφῶς δεδεγμέναι

ἔστησαν ὀρθαὶ καὶ διήνεγκαν κόρας.

ὃ δ᾽ αὖθις ἐπεκέλευσεν: ὡς δ᾽ ἐγνώρισαν

σαφῆ κελευσμὸν Βακχίου Κάδμου κόραι,

ᾖξαν πελείας ὠκύτητ᾽ οὐχ ἥσσονες   1090

ποδῶν τρέχουσαι συντόνοις δραμήμασι,

μήτηρ Ἀγαύη σύγγονοί θ᾽ ὁμόσποροι

πᾶσαί τε βάκχαι: διὰ δὲ χειμάρρου νάπης

ἀγμῶν τ᾽ ἐπήδων θεοῦ πνοαῖσιν ἐμμανεῖς.

ὡς δ᾽ εἶδον ἐλάτῃ δεσπότην ἐφήμενον,   1095

πρῶτον μὲν αὐτοῦ χερμάδας κραταιβόλους

ἔρριπτον, ἀντίπυργον ἐπιβᾶσαι πέτραν,

ὄζοισί τ᾽ ἐλατίνοισιν ἠκοντίζετο.

ἄλλαι δὲ θύρσους ἵεσαν δι᾽ αἰθέρος

Πενθέως, στόχον δύστηνον: ἀλλ᾽ οὐκ ἤνυτον.   1100

꼼짝없이 갇힌 그 가련한 표적은
그들의 힘이 미치지 못하는
아주 높은 꼭대기에 있었지요.

마침내 그들은 잽싸게
참나무 가지를 부러뜨려
그 전나무 밑동에 지렛대로 놓고는
뿌리 채 들어올리기 시작했다오.
그 일이 제대로 되지 않자,   1105
아가우에가 이렇게 말했지요,
"자, 빙 둘러서서
모두 하나씩 지렛대를 잡으시오,
우리는 저 높이 올라가 있는 저 짐승을 잡아
우리의 신령한 춤의 신비를
누설하지 못하게 막아야 하오."

그러자 수많은 손이 한꺼번에 달려들어
그 나무를 땅에서 뽑아 버렸지요.   1110

κρεῖσσον γὰρ ὕψος τῆς προθυμίας ἔχων

καθῆσθ᾽ ὁ τλήμων, ἀπορίᾳ λελημμένος.

τέλος δὲ δρυΐνους συγκεραυνοῦσαι κλάδους

ῥίζας ἀνεσπάρασσον ἀσιδήροις μοχλοῖς.

ἐπεὶ δὲ μόχθων τέρματ᾽ οὐκ ἐξήνυτον,   1105

ἔλεξ᾽ Ἀγαύη: Φέρε, περιστᾶσαι κύκλῳ

πτόρθου λάβεσθε, μαινάδες, τὸν ἀμβάτην

θῆρ᾽ ὡς ἕλωμεν, μηδ᾽ ἀπαγγείλῃ θεοῦ

χοροὺς κρυφαίους. αἳ δὲ μυρίαν χέρα

προσέθεσαν ἐλάτῃ κἀξανέσπασαν χθονός: 1110

펜테우스 왕은 높은 자리에서
땅바닥으로 떨어지며,
임박한 불행을 알아차리고는
크게 비명소리를 질러댔지요.
희생제물을 바치는 여사제로서
제일 먼저 그에게 덤벼든 이는
그의 어머니였지요.   1115

불운한 아가우에가
펜테우스 자신을 알아보고
죽이지 못하게 하려고,
그는 머리띠를 벗어던지고는
어머니의 뺨을 만지며
이렇게 호소했지요.
"어머니, 저예요,
에키온에게서 낳은
어머니 아들 펜테우스예요.
제가 잘못한 죄가 있대도,   1120
불쌍히 여기사, 죽이지 마세요."

ὑψοῦ δὲ θάσσων ὑψόθεν χαμαιριφὴς

πίπτει πρὸς οὖδας μυρίοις οἰμώγμασιν

Πενθεύς· κακοῦ γὰρ ἐγγὺς ὢν ἐμάνθανεν.

πρώτη δὲ μήτηρ ἦρξεν ἱερέα φόνου

καὶ προσπίτνει νιν· ὃ δὲ μίτραν κόμης ἄπο   1115

ἔρριψεν, ὥς νιν γνωρίσασα μὴ κτάνοι

τλήμων Ἀγαύη, καὶ λέγει, παρηίδος

ψαύων· Ἐγώ τοι, μῆτερ, εἰμί, παῖς σέθεν

Πενθεύς, ὃν ἔτεκες ἐν δόμοις Ἐχίονος·

οἴκτιρε δ᾽ ὦ μῆτέρ με, μηδὲ ταῖς ἐμαῖς   1120

ἁμαρτίαισι παῖδα σὸν κατακτάνῃς.

하지만 그녀는 입에 거품을 물고,

눈알을 굴려대며

제 정신이 아니었어요.

박코스 신에 사로잡혀있으니

아무리 호소해도 소용없었지요.

그의 왼팔을 잡더니,   1125

그 불운한 이의 옆구리에 발을 밟고는

그의 어깨를 뜯어내었소.

그녀 자신의 힘이 아니라

신성한 힘이 그녀의 팔에 임했지요.

그의 이모인 이노가

반대편 살을 뜯어 내었고,

그의 이모인 아우토노에는   1130

다른 이들과 함께 달려들었소.

모두 시끌벅적하였고,

그가 마지막 숨이 다하며

신음을 할 때,

그들은 승리의 환호를 울렸소.

ἣ δ᾿ ἀφρὸν ἐξιεῖσα καὶ διαστρόφους

κόρας ἑλίσσουσ᾿, οὐ φρονοῦσ᾿ ἃ χρὴ φρονεῖν,

ἐκ Βακχίου κατείχετ᾿, οὐδ᾿ ἔπειθέ νιν.

λαβοῦσα δ᾿ ὠλένης ἀριστερὰν χέρα,   1125

πλευραῖσιν ἀντιβᾶσα τοῦ δυσδαίμονος

ἀπεσπάραξεν ὦμον, οὐχ ὑπὸ σθένους,

ἀλλ᾿ ὁ θεὸς εὐμάρειαν ἐπεδίδου χεροῖν·

Ἰνὼ δὲ τἀπὶ θάτερ᾿ ἐξειργάζετο,

ῥηγνῦσα σάρκας, Αὐτονόη τ᾿ ὄχλος τε πᾶς   1130

ἐπεῖχε βακχῶν· ἦν δὲ πᾶσ᾿ ὁμοῦ βοή,

ὃ μὲν στενάζων ὅσον ἐτύγχαν᾿ ἐμπνέων,

αἳ δ᾿ ἠλάλαζον. ἔφερε δ᾿ ἣ μὲν ὠλένην,

그들 중 어떤 이는 그의 팔을,

어떤 이는 신발 채로

발을 떼어 가져갔소.

그의 옆구리 살은

뼈만 앙상하게 뜯겨나가고,

그들의 손에는 피 범벅인 채로   1135

그 살덩어리를 던지고 받으며

놀이를 하고 있었다오.

그의 육신이 이리저리 너부러져,

거친 바위 아래, 깊은 숲 속에 흩어져

찾기가 쉽지 않을 것이오.

그의 비참한 머리를,

그의 어머니가 차지하고는,   1140

야생의 사자 머리인 양

튀르소스 지팡이에 꽂아서

키타이론 산을 내려온답니다.

그녀의 자매들을

박카이들 곁에 남겨둔 채,

이 성안으로 들어올 것입니다.

ἦ δ᾽ ἴχνος αὐταῖς ἀρβύλαις: γυμνοῦντο δὲ

πλευραὶ σπαραγμοῖς: πᾶσα δ᾽ ᾑματωμένη   1135

χεῖρας διεσφαίριζε σάρκα Πενθέως.

κεῖται δὲ χωρὶς σῶμα, τὸ μὲν ὑπὸ στύφλοις

πέτραις, τὸ δ᾽ ὕλης ἐν βαθυξύλῳ φόβῃ,

οὐ ῥᾴδιον ζήτημα: κρᾶτα δ᾽ ἄθλιον,

ὅπερ λαβοῦσα τυγχάνει μήτηρ χεροῖν,   1140

πήξασ᾽ ἐπ᾽ ἄκρον θύρσον ὡς ὀρεστέρου

φέρει λέοντος διὰ Κιθαιρῶνος μέσου,

λιποῦσ᾽ ἀδελφὰς ἐν χοροῖσι μαινάδων.

불운한 사냥감에 대해

의기양양해 하며,   1145

박코스 신을 그녀의 사냥 친구,

사냥 동지, 영광스런 승리자라

찬양하며 올 것입니다.

하지만 그분 덕택에

그녀가 얻는 승리는 눈물뿐이지요.

아가우에가 집에 도착하기 전에,

저는 이런 끔찍한 장면을

피해 떠날까 하오.

사려있는 판단과 신을 경외함이

가장 아름다운 것이며,   1150

인간이 취할 수 있는

가장 지혜로운 재산이지요.

코로스:

박코스 신을 경배하며 춤추자!

용의 자손 펜테우스의 불운을

소리 높여 노래하자!   1155

χωρεῖ δὲ θήρᾳ δυσπότμῳ γαυρουμένη

τειχέων ἔσω τῶνδ᾽, ἀνακαλοῦσα Βάκχιον 1145

τὸν ξυγκύναγον, τὸν ξυνεργάτην ἄγρας,

τὸν καλλίνικον, ᾧ δάκρυα νικηφορεῖ.

ἐγὼ μὲν οὖν τῇδ᾽ ἐκποδὼν τῇ ξυμφορᾷ

ἄπειμ᾽, Ἀγαύην πρὶν μολεῖν πρὸς δώματα.

τὸ σωφρονεῖν δὲ καὶ σέβειν τὰ τῶν θεῶν 1150

κάλλιστον: οἶμαι δ᾽ αὐτὸ καὶ σοφώτατον

θνητοῖσιν εἶναι κτῆμα τοῖσι χρωμένοις.

Χορός

ἀναχορεύσωμεν Βάκχιον,

ἀναβοάσωμεν ξυμφορὰν

τὰν τοῦ δράκοντος Πενθέος ἐκγενέτα: 1155

여인의 옷을 입고,
확실한 죽음을 안겨줄
아름답게 치장한
튀르소스 지팡이를 들고,
황소의 인도를 받으며
재앙을 향해 나아갔도다.

카드모스의 딸인 박카이들이여,   1160
그대들은 슬픔과 눈물뿐인
승리를 거두었구려.
제자식의 피로
자신의 손을 물들이는
훌륭한 경기로다!

펜테우스의 어머니 아가우에가
저기 집으로 오는 것이 보이구려,   1165
눈은 헛것에 씌어
아무것도 모른 채 말이오.
환희의 신 박코스를 외치는
저 축제 행렬을 맞이합시다.

ὃς τὰν θηλυγενῆ στολὰν

νάρθηκά τε, πιστὸν Ἅιδαν,

ἔλαβεν εὔθυρσον,

ταῦρον προηγητῆρα συμφορᾶς ἔχων.

βάκχαι Καδμεῖαι,   1160

τὸν καλλίνικον κλεινὸν ἐξεπράξατε

ἐς στόνον, ἐς δάκρυα.

καλὸς ἀγών, χέρ᾽ αἵματι στάζουσαν

περιβαλεῖν τέκνου.

ἀλλ᾽, εἰσορῶ γὰρ ἐς δόμους ὁρμωμένην   1165

Πενθέως Ἀγαύην μητέρ᾽ ἐν διαστρόφοις

ὄσσοις, δέχεσθε κῶμον εὐίου θεοῦ.

(아가우에 등장)

아가우에:
아시아에서 온 박카이들이여!

코로스:
오, 왜 나를 부르시나요?

아가우에:
산에서 갓 자른
담쟁이 넝쿨 같이
튀르소스 지팡이에 걸린
이 행운의 사냥감을
집으로 가져오는 길이오.   1170

코로스:
보고 있어요.
그리고 그대가 우리와 같은
박코스 축제의 동료임을 인정하오.

Ἀγαύη

Ἀσιάδες βάκχαι —

Χορός

τί μ᾽ ὀροθύνεις, ὤ;

Ἀγαύη

φέρομεν ἐξ ὀρέων

ἕλικα νεότομον ἐπὶ μέλαθρα,   1170

μακάριον θήραν.

Χορός

ὁρῶ καί σε δέξομαι σύγκωμον.

.

아가우에:

나는, 그대가 보다시피,

이 야생 사자의 새끼를

올무도 없이 잡았다오.   1175

코로스:

어디 깊은 산중에서 잡았나요?

아가우에:

키타이론 산 속에서요.

코로스:

키타이론 산 속이라고요?

아가우에:

거기서 죽였지요.

코로스:

누가 죽였지요?

Ἀγαύη

ἔμαρψα τόνδ᾽ ἄνευ βρόχων

λέοντος ἀγροτέρου νέον ἶνιν·

ὡς ὁρᾶν πάρα.   1175

Χορός

πόθεν ἐρημίας;

Ἀγαύη

Κιθαιρὼν ...

Χορός

Κιθαιρών;

Ἀγαύη

κατεφόνευσέ νιν.

Χορός

τίς ἁ βαλοῦσα;

아가우에:

그 명예는 내가 우선이지요.

그 축제에서 사람들이

나를 복 받은 아가우에라 하지요.   1180

코로스:

또 다른 사람은요?

아가우에:

카드모스의…

코로스:

카드모스의 누구라고요?

아가우에:

카드모스의 딸들이

내 뒤따라 잇달아

그 사냥감에 달려들었지요.

정말 성공적인 사냥이었소.

Ἀγαύη

πρῶτον ἐμὸν τὸ γέρας.

μάκαιρ᾽ Ἀγαύη κλῃζόμεθ᾽ ἐν θιάσοις.   1180

Χορός

τίς ἄλλα;

Ἀγαύη

τὰ Κάδμου ...

Χορός

τί Κάδμου;

Ἀγαύη

γένεθλα

μετ᾽ ἐμὲ μετ᾽ ἐμὲ τοῦδ᾽

ἔθιγε θηρός· εὐτυχής γ᾽ ἅδ᾽ ἄγρα.

코로스:

정말 복 받았네요.

〈원전 누락: 추정 번역〉

아가우에:

그럼 그대도 잔치에 동참하시오.

코로스:

불운한 여인이여,

어디에 동참하라고요?

아가우에:

이 송아지는 어려서,   1185

부드러운 갈기 아래에

뺨에는 이제 솜털이 났어요.

코로스:

그래요, 그 머릿결을 보니

들짐승처럼 보이군요.

Χορός

*

Ἀγαύη
μέτεχέ νυν θοίνας.

Χορός
τί; μετέχω, τλᾶμον;

Ἀγαύη
νέος ὁ μόσχος ἄρ-   1185
τι γένυν ὑπὸ κόρυθ᾽ ἁπαλότριχα
κατάκομον θάλλει.

Χορός
πρέπει γ᾽ ὥστε θὴρ ἄγραυλος φόβῃ.

아가우에:

지혜로운 사냥꾼인 박코스 신께서

박카이들을 지혜롭게

사냥감으로 인도하셨지요.   1190

코로스:

우리 주님은 사냥꾼이시죠.

아가우에:

나를 칭찬하오?

코로스:

칭찬하지요.

아가우에:

곧 모든 테바이 사람들이…

코로스:

그대의 아들 펜테우스도 역시…   1195

Ἀγαύη

ὁ Βάκχιος κυναγέτας

σοφὸς σοφῶς ἀνέπηλ᾿ ἐπὶ θῆρα   1190

τόνδε μαινάδας.

Χορός

ὁ γὰρ ἄναξ ἀγρεύς.

Ἀγαύη

ἐπαινεῖς;

Χορός

ἐπαινῶ.

Ἀγαύη

τάχα δὲ Καδμεῖοι ...

Χορός

καὶ παῖς γε Πενθεὺς ...   1195

아가우에:

이 사자 같은 사냥감을 잡은

이 어미를 칭찬할 것이오.

코로스:

대단하군요.

아가우에:

대단하지요.

코로스:

영광스럽겠네요?

아가우에:

기쁘죠,

이번 사냥에서 정말 대단한 일,

괄목할 만한 일을 해냈으니 말이오.

Ἀγαύη

ματέρ᾽ ἐπαινέσεται,

λαβοῦσαν ἄγραν τάνδε λεοντοφυῆ.

Χορός

περισσάν.

Ἀγαύη

περισσῶς.

Χορός

ἀγάλλῃ;

Ἀγαύη

γέγηθα,

μεγάλα μεγάλα καὶ

φανερὰ τᾷδ᾽ ἄγρᾳ κατειργασμένα.

코로스:

불쌍한 여인이여,

그대가 가져온 승리의 사냥감을   1200

시민들에게 보여주오.

아가우에:

아름다운 성탑의 도시,

테바이 땅의 시민들이여,

카드모스의 딸들이 잡아온

이 사냥감을 보러 오시오.

테살리아인들의 투창이나   1205

그물을 사용한 것이 아니라,

하얀 팔과 손가락으로 잡았다오.

대장장이가 만든 창을 가지고

쓸데없이 뽐낼 필요가 있겠소?

우리는 바로 이 맨손으로

이 짐승을 잡아 사지를 찢어놓았지요.   1210

Χορός

δεῖξόν νυν, ὦ τάλαινα, σὴν νικηφόρον   1200

ἀστοῖσιν ἄγραν ἣν φέρουσ᾽ ἐλήλυθας.

Ἀγαύη

ὦ καλλίπυργον ἄστυ Θηβαίας χθονὸς

ναίοντες, ἔλθεθ᾽ ὡς ἴδητε τήνδ᾽ ἄγραν,

Κάδμου θυγατέρες θηρὸς ἣν ἠγρεύσαμεν,

οὐκ ἀγκυλητοῖς Θεσσαλῶν στοχάσμασιν,   1205

οὐ δικτύοισιν, ἀλλὰ λευκοπήχεσι

χειρῶν ἀκμαῖσιν. κᾆτα κομπάζειν χρεὼν

καὶ λογχοποιῶν ὄργανα κτᾶσθαι μάτην;

ἡμεῖς δέ γ᾽ αὐτῇ χειρὶ τόνδε θ᾽ εἵλομεν,

χωρίς τε θηρὸς ἄρθρα διεφορήσαμεν.   1210

내 연로하신 아버지께서는 어디 계시오?

이리로 모셔오세요.

내 아들 펜테우스는 어디 있지요?

사다리를 가져와서,

처마 밑에 올라가

내가 잡아온 이 사자머리를

못질해 걸도록 할 것이오.   1215

(카드모스 등장. 펜테우스의 찢겨진 시신을 들것에 싣고 일행이
뒤따라 들어온다)

카드모스:

시종들이여, 나를 따라 오거라.

펜테우스의 비참한 몸뚱어리를 들고

집 앞으로 나를 따라 오거라.

키타이론 계곡 여기저기

찢겨 흩어져 있는 그의 시신을

애써 수습하여 오는 길인데,   1220

온 숲 사방에 흩어져 있어

찾느라 무척 애먹었다오.

ποῦ μοι πατὴρ ὁ πρέσβυς; ἐλθέτω πέλας.

Πενθεύς τ᾽ ἐμὸς παῖς ποῦ ᾽στιν; αἰρέσθω λαβὼν

πηκτῶν πρὸς οἴκους κλιμάκων προσαμβάσεις,

ὡς πασσαλεύσῃ κρᾶτα τριγλύφοις τόδε

λέοντος ὃν πάρειμι θηράσασ᾽ ἐγώ.   1215

Κάδμος

ἕπεσθέ μοι φέροντες ἄθλιον βάρος

Πενθέως, ἕπεσθε, πρόσπολοι, δόμων πάρος,

οὗ σῶμα μοχθῶν μυρίοις ζητήμασιν

φέρω τόδ᾽, εὑρὼν ἐν Κιθαιρῶνος πτυχαῖς

διασπαρακτόν, κοὐδὲν ἐν ταὐτῷ πέδῳ   1220

λαβών, ἐν ὕλῃ κείμενον δυσευρέτῳ.

내가 딸들의 끔찍한 짓에 관해

듣게 된 것은, 테이레시아스와 함께

박코스 축제에서 돌아와,

이미 테바이 도성에 도착한 때였다오.

그래서 다시 산으로 올라갔고,   1225

이제야 박카이들에 의해 죽은

이 손자의 시신을 수습해 오는 길이오.

아리스타이오스의 아내이며

악타이온의 어미인 내 딸 아우토노에,

그리고 또 다른 내 딸 이노는

여전히 광기에 씌인 채 있었다오.

누군가가 내게 말해 주길,

아가우에는 박코스 신에 사로잡혀

집으로 돌아가고 있다더군.   1230

그런데 그 말이 맞았구먼,

내 눈으로 이 불운한 광경을

보게 되니 말이오.

ἤκουσα γάρ του θυγατέρων τολμήματα,

ἤδη κατ᾽ ἄστυ τειχέων ἔσω βεβὼς

σὺν τῷ γέροντι Τειρεσίᾳ Βακχῶν πάρα:

πάλιν δὲ κάμψας εἰς ὄρος κομίζομαι   1225

τὸν κατθανόντα παῖδα Μαινάδων ὕπο.

καὶ τὴν μὲν Ἀκτέων᾽ Ἀρισταίῳ ποτὲ

τεκοῦσαν εἶδον Αὐτονόην Ἰνώ θ᾽ ἅμα

ἔτ᾽ ἀμφὶ δρυμοὺς οἰστροπλῆγας ἀθλίας,

τὴν δ᾽ εἶπέ τίς μοι δεῦρο βακχείῳ ποδὶ   1230

στείχειν Ἀγαύην, οὐδ᾽ ἄκραντ᾽ ἠκούσαμεν:

λεύσσω γὰρ αὐτήν, ὄψιν οὐκ εὐδαίμονα.

아가우에:

세상에서 가장 훌륭한 딸들을 낳은

아버지께서는 크게 뽐내셔도 돼요.

왜냐면, 우리 모두, 특히 제가   1235

베 짜는 일을 던져두고

큰일을 하러 갔는데,

이 두 손으로 짐승을 사냥했답니다.

보시다시피, 제 손에

그 영광스런 전리품이 들려있는데,

아버지의 집에 매달게 할 거예요.

아버지, 아버지 손으로 받아 주세요.   1240

제가 잡아온 사냥감을 뽐내며

친구들을 잔치에 초대하세요.

우리가 이 일을 해냈으니

아버지는 복되고 복된 분이시죠.

카드모스:

차마 눈뜨고 볼 수 없는

측량할 바 없는 슬픔이로다.

Ἀγαύη

πάτερ, μέγιστον κομπάσαι πάρεστί σοι,

πάντων ἀρίστας θυγατέρας σπεῖραι μακρῷ

θνητῶν: ἁπάσας εἶπον, ἐξόχως δ᾽ ἐμέ,   1235

ἣ τὰς παρ᾽ ἱστοῖς ἐκλιποῦσα κερκίδας

ἐς μεῖζον᾽ ἥκω, θῆρας ἀγρεύειν χεροῖν.

φέρω δ᾽ ἐν ὠλέναισιν, ὡς ὁρᾷς, τάδε

λαβοῦσα τἀριστεῖα, σοῖσι πρὸς δόμοις

ὡς ἀγκρεμασθῇ: σὺ δέ, πάτερ, δέξαι χεροῖν: 1240

γαυρούμενος δὲ τοῖς ἐμοῖς ἀγρεύμασιν

κάλει φίλους ἐς δαῖτα: μακάριος γὰρ εἶ,

μακάριος, ἡμῶν τοιάδ᾽ ἐξειργασμένων.

Κάδμος

ὦ πένθος οὐ μετρητὸν οὐδ᾽ οἷόν τ᾽ ἰδεῖν,

네 처참한 손이 살인을 저질렀구나.   1245

훌륭한 희생제물을

신들에게 바치고

온 테바이 시민들과 나를

잔치에 초대했구나.

무엇보다 너의 불행을,

그 다음은 나 자신의 불행을

애통해 하노라.

정당하기는 하지만 너무 가혹하게,

우리 핏줄로 태어난 우리 주님

디오뉘소스 신께서

우리를 파멸시켰도다.   1250

아가우에:

사람은 노년이 되면

침울하고 괴팍스러워지는 법.

φόνον ταλαίναις χερσὶν ἐξειργασμένων.   1245

καλὸν τὸ θῦμα καταβαλοῦσα δαίμοσιν

ἐπὶ δαῖτα Θήβας τάσδε κάμὲ παρακαλεῖς.

οἴμοι κακῶν μὲν πρῶτα σῶν, ἔπειτ᾽ ἐμῶν·

ὡς ὁ θεὸς ἡμᾶς ἐνδίκως μέν, ἀλλ᾽ ἄγαν,

Βρόμιος ἄναξ ἀπώλεσ᾽ οἰκεῖος γεγώς.   1250

Ἀγαύη

ὡς δύσκολον τὸ γῆρας ἀνθρώποις ἔφυ

내 아들은 이 어미를 닮아,

테바이 젊은이들과 사냥을 갈 때

사냥을 잘한다면 얼마나 좋을까.

그런데 그가 고작 한다는 게

신들에 대항하는 짓이나 하니 말이야.　　　　　　　1255

아버지, 아버지는 그 애를

좀 야단쳐 주세요.

누군가 *그*를 여기로 좀 불러 주오,

내가 얼마나 운이 좋은지

그가 보게 하고 싶구려.

카드모스:

아, 슬프도다!

네가 한 짓을 알게 된다면

엄청난 고통이 될 텐데.　　　　　　　1260

하지만 지금의 이 상태로 머문다면,

행운이라고는 할 수 없겠지만,

자신이 불행하다는 것은 모르겠지.

ἔν τ᾽ ὄμμασι σκυθρωπόν. εἴθε παῖς ἐμὸς

εὔθηρος εἴη, μητρὸς εἰκασθεὶς τρόποις,

ὅτ᾽ ἐν νεανίαισι Θηβαίοις ἅμα

θηρῶν ὀριγνῷτ᾽· ἀλλὰ θεομαχεῖν μόνον   1255

οἷός τ᾽ ἐκεῖνος. νουθετητέος, πάτερ,

σοὐστίν. τίς αὐτὸν δεῦρ᾽ ἂν ὄψιν εἰς ἐμὴν

καλέσειεν, ὡς ἴδῃ με τὴν εὐδαίμονα;

Κάδμος

φεῦ φεῦ· φρονήσασαι μὲν οἷ᾽ ἐδράσατε

ἀλγήσετ᾽ ἄλγος δεινόν· εἰ δὲ διὰ τέλους   1260

ἐν τῷδ᾽ ἀεὶ μενεῖτ᾽ ἐν ᾧ καθέστατε,

οὐκ εὐτυχοῦσαι δόξετ᾽ οὐχὶ δυστυχεῖν.

아가우에:

어떤 일이 잘못되었고,

무엇이 고통스럽다는 것인가요?

카드모스:

먼저 눈을 들어 하늘을 보거라.

아가우에:

자, 그렇게 하지요.

그런데 왜 하늘을 쳐다보라는 거죠?   1265

카드모스:

예전과 같아 보이는가,

아니면 달라 보이느냐?

아가우에:

예전보다 더 밝고 환해 보여요.

Ἀγαύη

τί δ᾽ οὐ καλῶς τῶνδ᾽ ἢ τί λυπηρῶς ἔχει;

Κάδμος

πρῶτον μὲν ἐς τόνδ᾽ αἰθέρ᾽ ὄμμα σὸν μέθες.

Ἀγαύη

ἰδού: τί μοι τόνδ᾽ ἐξυπεῖπας εἰσορᾶν; 1265

Κάδμος

ἔθ᾽ αὑτὸς ἤ σοι μεταβολὰς ἔχειν δοκεῖ;

Ἀγαύη

λαμπρότερος ἢ πρὶν καὶ διειπετέστερος.

카드모스:

아직도 무언가가

네 혼을 혼란케 하는 것 같으냐?

(아가우에가 조금씩 정신이 돌아온다)

아가우에:

무슨 말씀인지 모르겠습니다만,

정신이 차츰 맑아지고,

마음에 변화가 이는 듯해요.   1270

카드모스:

너는 내 말을 듣고

명백히 답변할 수 있겠니?

아가우에:

예, 아버지,

그런데 좀 전에 우리가 무슨 말을 나누었는지

기억이 나지 않아요.

Κάδμος

τὸ δὲ πτοηθὲν τόδ᾽ ἔτι σῇ ψυχῇ πάρα;

Ἀγαύη

οὐκ οἶδα τοὔπος τοῦτο. γίγνομαι δέ πως
ἔννους, μετασταθεῖσα τῶν πάρος φρενῶν.   1270

Κάδμος

κλύοις ἂν οὖν τι κἀποκρίναι᾽ ἂν σαφῶς;

Ἀγαύη

ὡς ἐκλέλησμαί γ᾽ ἃ πάρος εἴπομεν, πάτερ.

(아가우에가 제 정신이 돌아왔는지 시험하며 질문한다)

카드모스:

네가 어느 가문에 시집을 갔지?

아가우에:

용의 이빨을 심어

거기서 태어났다는 에키온이지요.

카드모스:

네 남편과 그 집안에

어떤 아이를 낳아 주었지?   1275

아가우에:

펜테우스이지요,

저와 지아비 사이에 태어났지요.

카드모스:

네 손에 누구의 머리를 들고 있니?

Κάδμος

ἐς ποῖον ἦλθες οἶκον ὑμεναίων μέτα;

Ἀγαύη

Σπαρτῷ μ᾽ ἔδωκας, ὡς λέγουσ᾽, Ἐχίονι.

Κάδμος

τίς οὖν ἐν οἴκοις παῖς ἐγένετο σῷ πόσει;   1275

Ἀγαύη

Πενθεύς, ἐμῇ τε καὶ πατρὸς κοινωνίᾳ.

Κάδμος

τίνος πρόσωπον δῆτ᾽ ἐν ἀγκάλαις ἔχεις;

아가우에:

사냥을 했던 여인들이 말한 대로,

사자 머리지요,

카드모스:

그것을 잘 살펴 보거라,

잠깐이면 돼.

아가우에:

아, 이게 뭐죠?

내 손에 들린 이게 뭐죠?   1280

카드모스:

좀 더 자세히 살펴 보거라.

아가우에:

이 엄청난 슬픔을 보다니,

오, 불쌍한 내 신세.

Ἀγαύη

λέοντος, ὥς γ᾽ ἔφασκον αἱ θηρώμεναι.

Κάδμος

σκέψαι νυν ὀρθῶς· βραχὺς ὁ μόχθος εἰσιδεῖν.

Ἀγαύη

ἔα, τί λεύσσω; τί φέρομαι τόδ᾽ ἐν χεροῖν;   1280

Κάδμος

ἄθρησον αὐτὸ καὶ σαφέστερον μάθε.

Ἀγαύη

ὁρῶ μέγιστον ἄλγος ἡ τάλαιν᾽ ἐγώ.

카드모스:

네게는 그게 사자를 닮아 보이니?

아가우에:

아니, 비참한 내 신세여,

펜테우스의 머리를 들고 있다니.

카드모스:

네가 알아보기 전에

나는 이미 애곡을 했단다.   1285

아가우에:

누가 죽였나요?

어떻게 내 손에 들려 있지요?

카드모스:

오, 참담한 진실이여,

때에 맞지 않게 일찍 왔구려.

Κάδμος

μῶν σοι λέοντι φαίνεται προσεικέναι;

Ἀγαύη

οὔκ, ἀλλὰ Πενθέως ἡ τάλαιν᾽ ἔχω κάρα.

Κάδμος

ᾠμωγμένον γε πρόσθεν ἢ σὲ γνωρίσαι.   1285

Ἀγαύη

τίς ἔκτανέν νιν; --πῶς ἐμὰς ἦλθεν χέρας;

Κάδμος

δύστην᾽ ἀλήθει᾽, ὡς ἐν οὐ καιρῷ πάρει.

아가우에:

말씀해주세요,

기다리는 마음이 두근두근 뛰네요.

카드모스:

너와 네 자매들이 죽였어.

아가우에:

어디에서요? 이 집에서요?

아니면 어느 곳이죠?   1290

카드모스:

전에 사냥개들이 악타이온을

갈기갈기 물어뜯었던 곳이지.

아가우에:

그런데 펜테우스 이 불행한 애가

거기 카타이론 산에는 왜 갔지요?

Ἀγαύη

λέγ᾽, ὡς τὸ μέλλον καρδία πήδημ᾽ ἔχει.

Κάδμος

σύ νιν κατέκτας καὶ κασίγνηται σέθεν.

Ἀγαύη

ποῦ δ᾽ ὤλετ᾽; ἦ κατ᾽ οἶκον; ἢ ποίοις τόποις;   1290

Κάδμος

οὗπερ πρὶν Ἀκτέωνα διέλαχον κύνες.

Ἀγαύη

τί δ᾽ ἐς Κιθαιρῶν᾽ ἦλθε δυσδαίμων ὅδε;

카드모스:

디오뉘소스 신과

박코스 축제를 조롱하러 갔지.

아가우에:

그런데 도대체 우리는

어떻게 그곳에 갔지요?

카드모스:

너희들은 박코스 신에 씌었지,

도시 전체가 박코스 축제로 몰려갔단다.   1295

아가우에:

이제 알겠어요,

디오뉘소스 신이 우리를 파멸시켰군요.

카드모스:

오만불경의 능멸을 당하신 때문이지,

그분을 신으로 믿지 않았으니까.

Κάδμος

ἐκερτόμει θεὸν σάς τε βακχείας μολών.

Ἀγαύη

ἡμεῖς δ᾽ ἐκεῖσε τίνι τρόπῳ κατήραμεν;

Κάδμος

ἐμάνητε, πᾶσά τ᾽ ἐξεβακχεύθη πόλις.   1295

Ἀγαύη

Διόνυσος ἡμᾶς ὤλεσ᾽, ἄρτι μανθάνω.

Κάδμος

ὕβριν γ᾽ ὑβρισθείς· θεὸν γὰρ οὐχ ἡγεῖσθέ νιν.

아가우에:

아버지, 내 사랑하는 아들의
시신은 어디에 있지요?

카드모스:

내가 어렵사리 찾아서
이리로 가져 왔단다.

아가우에:

시신의 각 부위들은
온전히 제자리에 맞춰졌나요?   1300

카드모스:

찾고 또 찾았건만,
훼손이 워낙 심해서…

〈본문 누락: 추정 번역〉

Ἀγαύη

τὸ φίλτατον δὲ σῶμα ποῦ παιδός, πάτερ;

Κάδμος

ἐγὼ μόλις τόδ᾽ ἐξερευνήσας φέρω.

Ἀγαύη

ἦ πᾶν ἐν ἄρθροις συγκεκλημένον καλῶς;   1300

Κάδμος

*

아가우에:

나의 어리석음과

펜테우스가 무슨 관계가 있지요?

카드모스:

그 애도 너희들과 마찬가지로,

신을 경외하지 않았지.

그러니 너희들과 그 애를

한꺼번에 파멸시켰고,

또한 나와 이 집을 몰락시키신 거야.

나는 대를 이을 사내아이를 잃었어.   1305

불행한 여자여,

네 자궁에서 태어난 아이가

가장 비참하고 수치스럽게 죽는 것을

내가 보게 되니 말이야.

Ἀγαύη

Πενθεῖ δὲ τί μέρος ἀφροσύνης προσῆκ᾿ ἐμῆς;

Κάδμος

ὑμῖν ἐγένεθ᾿ ὅμοιος, οὐ σέβων θεόν.

τοιγὰρ συνῆψε πάντας ἐς μίαν βλάβην,

ὑμᾶς τε τόνδε θ᾿, ὥστε διολέσαι δόμους

κἄμ᾿, ὅστις ἄτεκνος ἀρσένων παίδων γεγὼς   1305

τῆς σῆς τόδ᾿ ἔρνος, ὦ τάλαινα, νηδύος

αἴσχιστα καὶ κάκιστα κατθανόνθ᾿ ὁρῶ,

(펜테우스의 시신을 바라보며)

애야, 내 딸에게서 태어난 너는
이 가문을 지탱하는
우리의 희망 같은 존재였고,
시민들은 너를 보고 두려워하며   1310
감히 이 늙은이를 멸시하지 못했지.
그랬다간 네가 응분의 보복을
그들에게 할 테니 말이야.

용의 이빨을 심고
거기서 태어난 군사들로
테바이 민족을 세운 나,
위대한 카드모스는 이제 불명예를 안고
쫓겨나게 될 신세로구나.   1315

가장 사랑스런 아이야,
비록 너는 갔지만,
여전히 나의 가장 사랑스런 존재로다.

ᾧ δῶμ᾽ ἀνέβλεφ᾽--ὃς συνεῖχες, ὦ τέκνον,

τοὐμὸν μέλαθρον, παιδὸς ἐξ ἐμῆς γεγώς,

πόλει τε τάρβος ἦσθα: τὸν γέροντα δὲ   1310

οὐδεὶς ὑβρίζειν ἤθελ᾽ εἰσορῶν τὸ σὸν

κάρα: δίκην γὰρ ἀξίαν ἐλάμβανες.

νῦν δ᾽ ἐκ δόμων ἄτιμος ἐκβεβλήσομαι

ὁ Κάδμος ὁ μέγας, ὃς τὸ Θηβαίων γένος

ἔσπειρα κἀξήμησα κάλλιστον θέρος.   1315

ὦ φίλτατ᾽ ἀνδρῶν--καὶ γὰρ οὐκέτ᾽ ὢν ὅμως

τῶν φιλτάτων ἔμοιγ᾽ ἀριθμήσῃ, τέκνον--

이제 더 이상 내 턱을

손으로 만지지도 못하고,

할아버지라 부르며

나를 껴안고 이렇게 말하지도 못하겠지.   1320

"누가 할아버지를 괴롭히고,

누가 모욕을 주나요?

누가 못살게 굴고 불편하게 하나요?

말씀하세요, 할아버지,

못된 짓을 하는 자를

제가 벌하여 혼내주게 말예요."

그런데 지금 나는 참담하구나,

너는 비참하고, 네 어미는 불쌍하고,

네 이모들 또한 가련하구나.

신을 경외하지 않는 자에게는   1325

이 아이의 죽음을 보게 하고

그로 하여금 신을 믿도록 하라.

οὐκέτι γενείου τοῦδε θιγγάνων χερί,

τὸν μητρὸς αὐδῶν πατέρα προσπτύξῃ, τέκνον,

λέγων: Τίς ἀδικεῖ, τίς σ᾽ ἀτιμάζει, γέρον;   1320

τίς σὴν ταράσσει καρδίαν λυπηρὸς ὤν;

λέγ᾽, ὡς κολάζω τὸν ἀδικοῦντά σ᾽, ὦ πάτερ.

νῦν δ᾽ ἄθλιος μέν εἰμ᾽ ἐγώ, τλήμων δὲ σύ.

οἰκτρὰ δὲ μήτηρ, τλήμονες δὲ σύγγονοι.

εἰ δ᾽ ἔστιν ὅστις δαιμόνων ὑπερφρονεῖ,   1325

ἐς τοῦδ᾽ ἀθρήσας θάνατον ἡγείσθω θεούς.

코로스:

카드모스여, 내 마음도 슬프다오.

외손자의 죽음이 마땅한 벌이지만,

그대에게는 큰 슬픔이지요.

아가우에:

아버지, 보시다시피

제 처지가 너무 변해버렸네요.

…

〈본문 누락: 약 50줄 정도 손실된 것으로 보임〉

…

(디오뉘소스 신이 왕궁 위에 '신의 모습'으로 등장한다)

(카드모스를 향해)

Χορός

τὸ μὲν σὸν ἀλγῶ, Κάδμε: σὸς δ᾽ ἔχει δίκην

παῖς παιδὸς ἀξίαν μέν, ἀλγεινὴν δὲ σοί.

Ἀγαύη

ὦ πάτερ, ὁρᾷς γὰρ τἄμ᾽ ὅσῳ μετεστράφη …

*

디오뉘소스:

카드모스 그대는 용으로 변할지니라.   1330

아레스의 딸이며

그대의 부인인 하르모니아는

뱀의 모습으로 변하리라.

제우스 신의 신탁에 따라,

아내와 함께

어린 소들이 끄는 수레를 타고

이방 민족을 인도해 가리니,

헤아릴 수 없이 큰 군대를 이끌고

수많은 도시들을 정복하리라.   1335

하지만 아폴론 신전을 약탈하면,

그들의 귀향길이 험난하리라.

하지만 아레스 신께서

그대와 부인 하르모니아를 건지사,

축복받은 땅에서 살게 하시리라.

인간의 아들이 아니라,

제우스 신에게서 태어난 나,   1340

Διονυσος

δράκων γενήσῃ μεταβαλών, δάμαρ τε σὴ   1330

ἐκθηριωθεῖσ᾿ ὄφεος ἀλλάξει τύπον,

ἣν Ἄρεος ἔσχες Ἁρμονίαν θνητὸς γεγώς.

ὄχον δὲ μόσχων, χρησμὸς ὡς λέγει Διός,

ἐλᾷς μετ᾿ ἀλόχου, βαρβάρων ἡγούμενος.

πολλὰς δὲ πέρσεις ἀναρίθμῳ στρατεύματι   1335

πόλεις: ὅταν δὲ Λοξίου χρηστήριον

διαρπάσωσι, νόστον ἄθλιον πάλιν

σχήσουσι: σὲ δ᾿ Ἄρης Ἁρμονίαν τε ῥύσεται

μακάρων τ᾿ ἐς αἶαν σὸν καθιδρύσει βίον.

ταῦτ᾿ οὐχὶ θνητοῦ πατρὸς ἐκγεγὼς λέγω   1340

디오뉘소스가 말하노라.

원치 않더라도,

현명하게 처신했더라면,

제우스의 아들을 제 편으로 삼고

지금 행복을 누릴 텐데.

카드모스:

디오뉘소스 신이시여, 용서하소서!

저희가 불의를 저질렀나이다.

디오뉘소스:

너무 늦었다오,

신을 알아야 할 때, 알지 못했구려.   1345

카드모스:

잘 알겠습니다.

하지만 벌이 너무 가혹하나이다.

Διόνυσος, ἀλλὰ Ζηνός· εἰ δὲ σωφρονεῖν

ἔγνωθ᾽, ὅτ᾽ οὐκ ἠθέλετε, τὸν Διὸς γόνον

εὐδαιμονεῖτ᾽ ἂν σύμμαχον κεκτημένοι.

Κάδμος

Διόνυσε, λισσόμεσθά σ᾽, ἠδικήκαμεν.

Διόνυσος

ὄψ᾽ ἐμάθεθ᾽ ἡμᾶς, ὅτε δὲ χρῆν, οὐκ ᾔδετε.   1345

Κάδμος

ἐγνώκαμεν ταῦτ᾽· ἀλλ᾽ ἐπεξέρχῃ λίαν.

디오뉘소스:

신인 나에게 대항하며

오만 불경한 죄를 범했기 때문이지.

카드모스:

하지만 신께서는 진노하시되,

인간들처럼 하시진 않지요.

디오뉘소스:

내 아버지 제우스 신께서

이전에 이미 명하신 법일세.

아가우에:

오, 아버지,

우리는 비참하게 쫓겨날 운명이군요.   1350

디오뉘소스:

무얼 꾸물대는가?

반드시 일어날 일인데.

Διόνυσος

καὶ γὰρ πρὸς ὑμῶν θεὸς γεγὼς ὑβριζόμην.

Κάδμος

ὀργὰς πρέπει θεοὺς οὐχ ὁμοιοῦσθαι βροτοῖς.

Διόνυσος

πάλαι τάδε Ζεὺς οὑμὸς ἐπένευσεν πατήρ.

Ἀγαύη

αἰαῖ, δέδοκται, πρέσβυ, τλήμονες φυγαί.   1350

Διόνυσος

τί δῆτα μέλλεθ᾽ ἅπερ ἀναγκαίως ἔχει;

카드모스:

애야, 불행한 너와 네 자매들,

그리고 나,

우리 모두에게

끔찍한 재앙이 닥쳐왔구나.

나는 이 늙은 나이에

이방 땅에서 살아야 하는 신세이고,   1355

더욱이 여러 이방 족속의 군대를

헬라스 땅으로 끌고 올 운명이구나.

용으로 변한 내가,

끔찍한 용의 모습을 한

내 아내 하르모니아를

헬라스 땅의 무덤과 제단으로

인도하겠고,

창으로 무장한 군대가

그 뒤를 따를 것이라니,

내 불운한 고난은

끝이 없으며,   1360

Κάδμος

ὦ τέκνον, ὡς ἐς δεινὸν ἤλθομεν κακὸν

πάντες, σύ θ᾽ ἡ τάλαινα σύγγονοί τε σαί,

ἐγώ θ᾽ ὁ τλήμων: βαρβάρους ἀφίξομαι

γέρων μέτοικος: ἔτι δέ μοι τὸ θέσφατον   1355

ἐς Ἑλλάδ᾽ ἀγαγεῖν μιγάδα βάρβαρον στρατόν.

καὶ τὴν Ἄρεως παῖδ᾽ Ἁρμονίαν, δάμαρτ᾽ ἐμήν,

δράκων δρακαίνης φύσιν ἔχουσαν ἀγρίαν

ἄξω 'πὶ βωμοὺς καὶ τάφους Ἑλληνικούς,

ἡγούμενος λόγχαισιν: οὐδὲ παύσομαι   1360

저승 아케론 강을 건너면서도
안식을 얻지 못하겠구나.

아가우에:
아버지, 저는 아버지와 헤어져
추방당할 거예요.

(카드모스를 포옹한다)

카드모스:
백조가 늙은 부모를 껴안듯이,
너는 나를 포옹하는구나.   1365

아가우에:
고향 땅에서 쫓겨나,
저는 어디로 가야 하나요?

카드모스:
애야, 나도 모르겠다.
이 아비는 아무 도움도 못되니 말이야.

κακῶν ὁ τλήμων, οὐδὲ τὸν καταιβάτην

Ἀχέροντα πλεύσας ἥσυχος γενήσομαι.

Ἀγαύη

ὦ πάτερ, ἐγὼ δὲ σοῦ στερεῖσα φεύξομαι.

Κάδμος

τί μ᾽ ἀμφιβάλλεις χερσίν, ὦ τάλαινα παῖ,

ὄρνις ὅπως κηφῆνα πολιόχρων κύκνος;   1365

Ἀγαύη

ποῖ γὰρ τράπωμαι πατρίδος ἐκβεβλημένη;

Κάδμος

οὐκ οἶδα, τέκνον· μικρὸς ἐπίκουρος πατήρ.

아가우에:

잘 있거라, 나의 집,

나의 조국이여!

내 결혼 침상이여,

불운한 나는 떠나가노라!   1370

카드모스:

오, 애야, 지금

아리스타이오스의 땅으로 가거라.

…

〈본문 누락: 1줄 손실됨, 추정 번역〉

그곳에서 조금의 도움을 얻도록

손을 써 볼 테니 말이야.

아가우에:

오, 불쌍한 내 아버지!

Ἀγαύη

χαῖρ᾽, ὦ μέλαθρον, χαῖρ᾽, ὦ πατρία

πόλις: ἐκλείπω σ᾽ ἐπὶ δυστυχίᾳ

φυγὰς ἐκ θαλάμων.   1370

Κάδμος

στεῖχέ νυν, ὦ παῖ, τὸν Ἀρισταίου ...

*

Ἀγαύη

στένομαί σε, πάτερ.

카드모스:

내 딸아,

나는 너와 네 자매들을 생각하니

눈물이 흐르는구나.

아가우에:

우리 주님 디오뉘소스 신께서는

너무 끔찍한 고통을   1375

이 가문에 안겨 주셨군요.

디오뉘소스:

테바이에서 내 이름이

무참히 짓밟히며.

나는 너희에게

그토록 수모를 당했지.

아가우에:

잘 지내세요, 아버지.

Κάδμος

κἀγὼ σέ, τέκνον,

καὶ σὰς ἐδάκρυσα κασιγνήτας.

Ἀγαύη

δεινῶς γὰρ τάνδ' αἰκείαν

Διόνυσος ἄναξ τοὺς σοὺς εἰς   1375

οἴκους ἔφερεν.

Διόνυσος

καὶ γὰρ ἔπασχον δεινὰ πρὸς ὑμῶν,

ἀγέραστον ἔχων ὄνομ' ἐν Θήβαις.

Ἀγαύη

χαῖρε, πάτερ, μοι.

카드모스:

불쌍한 내 딸아,

잘 지내기는 쉽지 않을 것 같다만,

그래도 부디 잘 지내거라!   1380

(카드모스가 퇴장하고, 아가우에는 시종들을 향해 말한다)

아가우에:

이보게, 내 동생들에게로

날 데려다 주게.

우리가 비참한 추방의 길을

함께 떠날 수 있게 말이오.

저 먼 곳,

피로 얼룩진 키타이론 산이

나를 보지 못하는 곳,

나의 두 눈도 키타이론 산을

보지 못하는 곳,   1385

Κάδμος

χαῖρ᾽, ὦ μελέα

θύγατερ. χαλεπῶς δ᾽ ἐς τόδ᾽ ἂν ἥκοις. 1380

Ἀγαύη

ἄγετ᾽, ὦ πομποί, με κασιγνήτας

ἵνα συμφυγάδας ληψόμεθ᾽ οἰκτράς.

ἔλθοιμι δ᾽ ὅπου

μήτε Κιθαιρὼν ἔμ᾽ ἴδοι μιαρὸς

μήτε Κιθαιρῶν᾽ ὄσσοισιν ἐγώ, 1385

튀르소스 지팡이의 기억이

떠오르지 못하는 그런 곳으로

가고 싶구려.

튀르소스 지팡이는

이제 다른 박카이들이나

함께 하시구려.

(아가우에가 시종들과 함께 퇴장한다)

코로스:

신의 모습은 다양하고,

신들은 우리의 생각을 넘어서

일을 성취하시지요.

우리가 생각하던 일은 이루어지지 않고,   1390

우리가 생각지도 못했던 길을

보이시니 말예요.

이 이야기가 그런 것이구려.

(모두 퇴장한다)

μήθ᾽ ὅθι θύρσου μνῆμ᾽ ἀνάκειται·

Βάκχαις δ᾽ ἄλλαισι μέλοιεν.

Χορός

πολλαὶ μορφαὶ τῶν δαιμονίων,

πολλὰ δ᾽ ἀέλπτως κραίνουσι θεοί·

καὶ τὰ δοκηθέντ᾽ οὐκ ἐτελέσθη, 1390

τῶν δ᾽ ἀδοκήτων πόρον ηὗρε θεός.

τοιόνδ᾽ ἀπέβη τόδε πρᾶγμα.

에우리피데스의 여성인물 연구*

: 『메데이아』, 『헤카베』, 『박카이』에 나타난 이중성을 중심으로

1.

에우리피데스의 여성인물 가운데 『메데이아』($M\eta\delta\epsilon\iota\alpha$), 『헤카베』($E\kappa\alpha\beta\eta$), 그리고 『박카이』($B\alpha\kappa\chi\alpha\iota$)에 나타난 인물들이 본 연구의 중심으로 부각되는 이유는 무엇보다 그들의 이중적 특성(feature of ambiguity) 때문이다. 브루노 스넬(Bruno Snell)을 위시한 기존 연구들이 주로 문제적 여성, 때로는 여성혐오적 관점에 기울어있었다면, 근자에는 헬렌 폴리(Helene Foley) 등을 중심으로 반박이 이어지는 비평적 상황이다. 이에 필자는 B.C. 5세기 고전 계몽

---

* 『Shakespeare Review』 52호에 실린 글.

주의 시대라는 특징적 시대정신을 반영하는 연구의 필요성에 입각하여 역동적 이중성이라는 관점을 중심으로 비평적 균형을 취할 필요가 있다고 본다. 시대정신에 반영된 복합적이며 중첩적인 정치적, 문화적 상황이 먼저 고려되어야 할 터인데, 그리스 비극의 무대배경과 주요인물들이 거의 반(反)아테나이, 혹은 친(親)스파르타, 친페르시아 국가나 도시와 연계되어 있으며 이들과의 교류나 헤게모니는 아테나이 민주정치의 주요 과제이거나 쟁점이었다는 사실이 주목할 만하다. 본고에서는 우선 문화의 도가니(melting pot)로서, 제사와 정치의 분리가 획정되지 않은, 신성과 인성, 이성과 신화가 공존하는 고전 계몽주의 시대를 이해하며 이 세 작품에 드러난 주요 여성인물들의 공통된 특성을 살펴볼 때, 이들은 남성 중심적(andro-centric), 이성 중심적(logo-centric) 사회에 대한 도전적 혹은 전복적 인물로서 남성적 가치를 문제시하거나 남성성에 내재한 모순을 노출시키며 새로운 지평을 지향하고 있다. 하지만 좀 더 주목해서 살펴볼 면은, 그들이 그러한 역할을 수행하는 과정에서 내비치는 광기 혹은 잔악성, 그리고 마녀성이 시대정신과 결합되어 어떻게 역동적 기제로 작동하는가 하는 점이다.

메데이아는 이아손(Ἰασων)에게 목숨을 내놓을 정도로, 그녀의 부모 형제를 배반하고 심지어 형제를 살해하면서까지 헌신과 충성을 다 바쳐 도주해 왔지만, 이후 타국, 낯선 땅에서 그녀에게 강요된 현실은 너무나 냉혹했다. 코린토스의 왕녀 크레우사(Κρεουσα)와의 정략결혼을 위해 이아손은 부부의 침대를 배반하고, 이제까지 혼신을 다해 보필을 해 온 아내 메데이아를 향해 이러한 정략결혼이 메데이아 자신에게도 이득이 된다는 논리로 설득하려 하지만, 메데이아는 이러한 남성 중심적 사고를 정면으로 부정하며 도전한다. 논리적 모순에 봉착한 이아손은 결국 두 아들을 잃고 정략결혼도 실패로 돌아가며, 이로써 헌신적 사랑을 배반한 이아손에 대한 복수가 표면상으로는 성공적으로 보인다. 그런데 이러한 성공적 복수의 이면에 악녀 혹은 마녀라는 악평을 짊어진 여성으로서 메데이아의 인생역정이 암울하게 드리워져 있다. 자식살해라는 가공할 문제가 그 중심점에 놓여 있으며, 숱한 번민과 결심의 결과물인 자식살해 사건이 신성의 사제 역할을 하는 그녀의 영웅성을 보여주는 일면, 광기와 잔악성을 상징하는 모티프가 되기 때문이다.

이런 이중성은 패망한 트로이아(Τροια)의 왕녀 헤카베의 인생역정에도 아주 유사한 모습으로 투영되고 있다. 헤카베의 막내아들 폴뤼도로스(Πολυδωρος)는 패망한 트로이아의 마지막 희망으로 남겨졌고, 이웃나라 트라키아(Θρακια)에서 친구이자 손님으로 보호받고 있었다. 그런데 친구이자 주인인 트라키아 왕 폴뤼메스토르(Πολυμηστωρ)는 인류을 배반하여 그를 살해하고 심지어 매장도 하지 않고 바닷가에 내다 버린다. 살해 동기는 폴뤼도로스가 가진 황금, 즉 보호지참금 때문인데, 트로이아는 완전히 패망하여 연기에 휩싸였고 프리아모스(Πριαμος)왕과 헥토르('Εκτωρ)도 이미 이 세상 사람이 아니었으므로 그들 간의 약속도 자연 무의미 하거나 무시되어도 좋은 듯했기 때문이다. 친구이자 주인의 신의를 저버리고 물욕으로 오염된 파렴치한 폴뤼메스토르를 인류과 신성의 이름으로 처벌하는 헤카베의 복수는 메데이아의 그것과 아주 흡사하다. 그런데 악녀라는 오명을 포함해서 정의의 화신을 자처하는 이들을 향해 관객은 어떤 연민을 표하며 어떤 카타르시스를 얻었는가? 메데이아의 경우는 데우스-엑스-마키나(dues-ex-machina)의 도움으로 하늘로 승천하므로(1320~22) 어느 정도의 위로가 동반된다 하더라도, 무심하고 악마적인 세계와 마주한 헤카베의 투신자결, 끔직한 모습으로의 변신, 개의 무덤에 묻히는 일련의 사건은 관객들의 입장에서 오히려 공포를 가중시키는 것들이다 (Reckford 127~8).

아가우에('Αγαυη)를 포함한 박카이들을 통해서 또한 이런 공포가 유사하게 재현되고 있다. 테바이(Θηβαι)의 시조인 카드모스(Καδμος)의 외손자 펜테우스(Πενθευς)가 왕위를 계승하여 다스리던 어느 날, 자칭 신이라는 한 이방인이 등장하여 테바이 여인들을 신령한 능력으로 매료시켜 키타이론(Κιθαιρων) 산으로 인도하며, 그곳에서 비밀스런 신성한 제의를 벌이게 된다. 이 제의의 핵심은 이방인으로 인간의 모습을 하고 나타난 디오뉘소스(Διονυσος)인데, 그는 신이며 동시에 인간이고, 여성성을 대변하는 남성이며, 동양적이며 서양적인 신으로 탈남성(de-masculinity), 탈경계(de-liminality)적 지평의 페르소나이다. 대조적으로, 이를 추종하는 박카이들이 벌이는 산상 축제를 대립적 시각에서 훼방하거나 처벌하고자 하는 펜테우스는 지극히 남성 중심적이며 폴리스적 이성을 대변하는 인물로서, 디오뉘소스와 박카이들의 행태는 무절제하고 비이성적인 전복 행위에 지나지 않는다는 편견에 사로잡혀 있다.

예견되는 바처럼, 배타적 이성에 천착한 펜테우스의 신성모독적 사유와 행위는 그 정도를 지나쳐 결국 파멸을 맞게 되는데, 디오뉘소스 축제의 절정에서 스파라그모스(σπαραγμος) 제의의 제물로 사자새끼(1108)마냥 갈기갈기 찢겨 죽는다. 펜테우스의 어머니이자 박카이들의 인도자인 아가우에가 성스러운 축제를 모독한 자(1080~81)라는 죄목으로 자신의 아들을 자신의 맨손으로 직접 '찢어 죽인다'(스파라세인, σπαρασσειν). 메데이아의 친자살해와 유사한 모티프가 재연되는데, 이는 신성의 사제로서 아가우에의 영웅적 여성성이 부각된 것으로 일상적 범주를 넘어선 신비적 광기에 사로잡힌 제의이긴 하지만 관객들의 뇌리에 엄청난 공포로 자리 잡을 것은 자명하다. 이에 우리는 이런 질문을 던질 수 있다. 작가 에우리피데스가 표출하고자 했던 여성성의 본질은 무엇인가? 좀 더 나아가, 그는 페미니스트인가 아니면 여성혐오주의자(misogynist)인가? 이러한 논제들을 분석하기 위해 우선 그것의 실마리로 대두되는 여성성의 이중성에 주목할 필요가 있는데, 이러한 이중성이 역동성의 지평에서 잉태되는 사상적 토대인 B.C. 5세기 "고전 계몽주의"(Knox 48~9)의 시대정신과 철학을 디오뉘소스적 역동성이라는 관점에서 고찰하고자 한다. 이는 또한 여성성과 젠더문제를 둘러싼 논쟁 가운데 있는 에우리피데스 비평에 관한 균형 잡힌 시각을 전개하는 지평이 될 것으로 본다.

2.

에우리피데스가 활동했던 B.C. 5세기 고전 계몽주의 시대를 고찰함에 있어, 쟝-피에르 베르낭(Jean-Pierre Vernant)이 제시한 바처럼, 신화와 이성의 역설적 교차를 우선 주목할 필요가 있다. 인간은 위대하면서 동시에 위험한 수수께끼 같은 이중적 존재이며(121), 소피스트적 인간중심의 사유를 지향하지만 또한 그것으

로 인해 파멸을 맞이하는 역설적 교차지점에서 비극의 역사성이
발견된다(88). 인간존재의 이런 이중성은 때론 역동성으로 이해
되기도 하지만 본질적으로 이해 불가한 수수께끼로 남아 여성성
을 둘러싼 문제를 고찰함에 있어서도 동일한 정도로 투영되고
있다는 점이 주목할 만하다.

　고전 계몽주의 시대의 여성과 여성성에 관한 일반적 인식은
대체로 종속적 존재로서의 여성이거나 조건적 평등의 범주를 벗
어나지 못하는 여성인데(Foley 262), 이러한 계보학적 토대를 체
계화시킨 B.C. 8세기 문인 헤시오도스(Ησιοδος)의 『신의 계보』
(*Theogony*)에는 다음과 같은 신화가 있다(570~612). 즉, 여성이 이
땅에 탄생하기 전에는 조화로운 세상이었으나, 불을 소유한 대
가로 주어진 징벌적 차원의 사악한 선물인 여성 판도라가 이 땅
에서 여성들의 시조가 되었고 동시에 인간 세상에 존재하는 삶
의 고통과 악의 근원이 되었다는 내용인데, 이런 여성혐오적 신
화는 플라톤(Πλατων)에 이르러 윤회설을 토대로 한 계층적 존재
론(hierarchical ontology)과 철학적 성 담론의 주요 배경이 된다. 그
의 우주론적 발생론을 철학화한 저서 『티마이오스』(*Timaeus*)에서
주장하기를, 최초의 인간은 남성이며, 진리에 충만한 인간은 불
멸의 영을 소유하며 타락한 영혼의 소유자는 그 타락 유형과 정
도에 따라 여성이나, 혹은 더 하등한 동물인 새나 소 등으로 환생

한다는 것이다(42, 90~92). 이는 남성, 여성이 서로 다른 형상($\varepsilon i\delta o\varsigma$)에서 비롯된 것을 가정하는 철학인데, 필연적으로 생물학적 모순에 봉착한다. 따라서 이러한 신화적 해석의 모순적 이중성을 극복하기 위한 자구책의 일환으로, 하나의 종($\gamma \varepsilon vo\varsigma$)은 생물학적 번식과 재생산이 가능해야 하며, 하나의 종은 하나의 형상이라는 과학과 철학에 근거하여 플라톤은 인간이 두 개의 형상이 아닌 두 개의 성으로 이루어진 하나의 종이라는 결론에 이른다(정해갑, 「$\gamma \varepsilon vo\varsigma$」 59~60).

하나의 형상-하나의 종이라는 개념은 플라톤 철학의 성 담론에서 핵심적 지위를 확보하게 되며, 따라서 인간 최고의 가치인 고귀한 인품, 즉 아레테($\dot{\alpha}\rho \varepsilon \tau \eta$)를 추구하는 철학자로서 성별을 초월하여 보편적 진리에 입각한 그의 이상국가에서는 양성 평등에 기초하여 자녀들의 교육과 양육이 이루어져야 하며 훌륭한 전사로 성장하도록 배려되어야 한다고 주장한다. 여기서 성은 개인적 차이로 환원되고, 예외적인 몇몇 특정분야를 제외하면 남녀의 과업 수행능력은 대등하며 성별을 넘어선 개인적 차이만 존재할 뿐이다(*Republic*, 451~52). 이에 플라톤은 실증적 관점에서 당대에 실존했던 한 여인을 예로 제시하며 그러한 주장의 논거로 삼고 있다. 아스파시아($A\sigma \pi \alpha \sigma \iota \alpha$)라는 여성은 고급 접대부로 통칭되는 헤타이라($\dot{\varepsilon}\tau \alpha \iota \rho \alpha$)인데, 학식이 높기로 헬라 문화권에서는 그 명성이 자자했고, 소크라테스와 철학적 교류를 하며 정치가 페리클레스(Περικλῆς)를 수사의 대가로 키울 정도로 역량 있는 여성인물로 그려진다(Menexenus, 235e). 그녀의 비도덕적 사생활에도 불구하고 그녀의 지적 담론에 참여하려는 지식인들이 그들의 부인을 동반할 정도로 사교계의 여왕과 학계의 꽃으로 군림했다는 이야기가 있다(Adams 75~6).

성과 관련하여 다소간 이중적이긴 하지만 철학적 견지에서 양성평등을 제안한 플라톤을 이어 생물학적 해석에 집중하며 확대 재해석했다고 볼 수 있는 아리스토텔레스(Ἀριστοτέλης)는 플라톤적 평등 철학의 이면에 존재하는 생물학적 양성 차이를 설명함에 본질적 차이와 비본질적 차이로 구분해서 접근하고 있다. 즉 양성은 본질적으로는 동일 범주에 속하는 하나의 종이지만, 비본질적 차이에 의해 양성으로 나뉜다는 주장이다(Metaphysics, 1058a). 이런 비본질적 차이는 일종의 변형태(variation)로 이해될 수 있는 것으로 피부가 희거나 검고, 머리숱이 많거나 적은 사람이 있는 것처럼 남녀의 차이도 그런 범주에서 해석 가능하다고 보았다. 아울러 우성과 열성의 유전학적 개념이 도입되는데, 양성 중 어느 쪽이든 우세한 생명의 원동력을 가진 쪽이 성별을 포함한 그 유전인자를 자손에게 물려준다는 생물학적 평등을 지향한다. 부모 가운데 모계가 우성이면 여성인 아이가 탄생하거나 모계를 닮은 자녀가 태어난다는 과학적 방법론을 채택하고 사회생물학적 여성주의 (sociobiological feminism)의 모태가 되고 있지만(Murphy 417) 아리스토텔레스 역시 남성 중심적 사유를 벗어나지 못하는 한계를 보이고 있다. 즉 여성의 탄생은 결핍된 남성의 결과물이며, 남성 원동력의 결핍 혹은 양적 결핍(quantitative deficiency)으로 인해 여성이 탄생하기 때문이다(*Generation*, 767b). 여성을 여성 자체로 보는 것이 아니라 결핍된 남성으로 보는 경향은, 정치적 해석으로 확대될 때 권위가 결여된 비주체적 영혼의 소유자가 여성이며 그러한 불완전한 여성은 통치자로서의 자질을 결핍하고 있다(ἄκυρος)는 주장과 교차한다(*Politics*, 1260a). 더 나아가 그러한 여성은 자신의 내재하는 비이성적 요소, 즉 튀모스(θυμός)를 다스릴 수 없으며 자제력을 상실하여 오히려 그것의 지배를 받기 쉽다는 결론을 암시한다(Fortenbaugh 136~37).

따라서 고전 계몽주의시대를 대변하는 작가 에우리피데스의 여성인물들에 이런 비이성적 요소에 대한 남성 중심적인 전유 (appropriation)가 강하게 투영되는 일면, 또 다른 한편으로는 아스파시아류의 지성적이며 더 나아가 영웅적인 면모를 내포하는 여성주의를 반영하는 것은 교차적, 이중적 여성상과 시대정신이 융합된 결과로 볼 수 있다. 악한 선물로서 역설적 존재인 여성은 자신의 내재하는 비이성적 요소를 매개하여 타락하고 악한 세상을 응징하는 신성한 지팡이, 즉 튀르소스(τυρσος)로서 역할을 수행한다. 그러므로 비이성적이며 잔혹한 격정의 모습과 그 이면에 자리 잡은 탈경계적(de-liminal) 영웅성을 동시에 역동적으로 조명할 때, 비로소 역설의 극작가로 통칭되는 에우리피데스의 여성인물에 깃든 철학적 숙고가 드러날 것이다.

3.

서구문학에서 메데이아는 왜 야만성과 마녀성의 대표적 인물(Page xiv)로 회자되어 왔는가? 아울러 그러한 주된 담론 아래에 묻혀버린 이아손의 배반과 반인륜적 행위, 즉 우의관계(φιλια)를 짓밟아 버린 그의 행위가 상대적으로 가볍게 다루어져 온 것은 왜 일까? 논제의 실마리를 위해 『메데이아』의 핵심적 모티프로 작동하는 자식살해를 둘러싼 갈등과 번민의 과정을 중심으로 전개되는 배반과 분노 그리고 복수의 연결고리를 되짚어 보는 것이 우선 요구된다. 메데이아의 분노는 이아손에 의한 우의관계의 해체에서 촉발되며, 아리스토텔레스가 지적한 바처럼 이러한 해체행위는 인간관계의 기초를 무너뜨리는 심각한 문제로 볼 수 있다(*Nicomachean Ethics*, 1156~63). 콜키스(Κολχις)의 이방 여인 메데이아는 황금모피를 찾으러 온 이아손과 사랑에 빠지고, 수차례의 죽을 고비를 넘기며 그를 도와 이아손이 목적을 완수하도록 헌신하며 마침내 그의 고향 그리스에 도착하고 우여곡절 끝에 코린토스(Κορινθος) 땅에 이르지만, 그러한 죽음을 불사한 헌신의 결과로 강요된 것은 싸늘한 배신뿐이었다. 즉 그들 사이에 두 아들을 두며 어머니로서 아내로서 일상을 꾸려가던 어느 날, 이아손이 코린토스 왕의 딸 크레우사와 정략결혼을 계획하고 있다는 사실을 접한 메데이아는 죽음과 같은 절망의 나락에 빠진다(145~47).

또한 코린토스 왕 크레온(Κρεων)은 자신의 가족의 안위를 생각하며, "온갖 악행에 능한 자"(285), 즉 메데이아를 두려워하며 추방하고자 하지만, 이미 고향과 가족을 이아손의 사랑과 맞바꾼 그녀는 세상 어디에도 갈 곳이 없는(165~67) 비참한 자신의 신세를 한탄하며(257~58) 분개한다. 이같이 참담한 배신감에 울부짖는 그녀를 향해 이아손은 "천하의 악녀"(447)로 매도하며 억지 논리로 그녀를 설득하려 하지만, 오히려 메데이아는 그를 "천하의 악인"(465)이라며 독설과 저주로 항거한다. 이아손은 자신 덕에 메데이아가 야만의 땅 콜키스를 벗어나 문명의 땅 그리스에서 살게 되었고, 자신이 왕녀 크레우사와 결혼하면 메데이아를 포함한 가족 모두가 왕족 대우를 받으며 행복을 누릴 수 있는 절호의 기회라고 강변한다(559~67). 하지만 이아손의 배신으로 인한 가족의 우의관계가 해체된 지금 어떠한 언변과 논리도 그것을 치유할 방도가 없다. 이에 메데이아는 맹세의 신 제우스를 향해 정의의 칼을 호소하는데(764), 주목할 점은 이러한 호소는 단순한 개인의 차원을 넘어선 것이며 범국가적, 범우주적 의미를 내포한다는 사실이다.

널리 알려진 바처럼 올림포스(Ολυμπος) 신들은 서로의 약속과 맹세를 토대로 그들의 권력과 영역을 나누었으며, 범 그리스적 동맹의 기초 역시 제우스 신을 두고 맹세한 약속이 중심에 있었다 (Burnett 197). 따라서 맹세 그 자체는 신성한 것으로 인간들이 사사로이 범할 수 없는 영역이며, 맹세를 파기한 이아손의 행위는 사적 우의관계를 넘어서 범 그리스적 동맹이라는 시대정신을 매도한 신성모독의 한 메타포로 작동한다. 메데이아가 복수의 화신이 되어 이아손을 파멸시키는 일련의 과정에 인간적 분개와 신적 정의가 혼재하며, 자식살해를 둘러싼 갈등양식에서 영웅성과 마녀성이 병치되는 것은 델로스 동맹의 해체와 펠로폰네소스 전쟁을 마주한 이러한 시대정신의 반영으로 볼 수 있다. 이런 관점에서 메데이아의 자식살해는 가부장적 사회질서의 맹목성에 대한 경종이며 동시에 신적 질서의 회복과 사회 재편을 향한 기제로 작동하며 이런 과정에서 도출되는 주체와 타자의 위상전이는 비록 부분적이며 도구적 방법론에 의존하더라도 상당한 정도의 여성주의적 실마리를 제공한다(Allan 65). 아울러 이러한 실마리는 아가우에의 자식살해, 즉 스파라그모스 제의와 연결되며 우의관계의 해체를 응징하는 헤카베의 복수와 그 궤를 같이 한다.

따라서 메데이아의 자식살해는 이아손이 주장하는 것처럼 단순히 그녀의 악한 성품에 기인하는 것은 아니다. 이는 우의관계를 해체하고 신성모독적 배반을 자행한 이아손에 대한 신적 정의를 실현하는 하나의 도구로 그녀의 도구적 이성이 작동하고 있기 때문이다. 여기서 시대정신과 관련하여 한 가지 주목할 점은, 그녀의 이성적 판단은 소피스트적 지혜와 중첩되는 "새로운 지혜"(καινασοφα, 298)인데, 이는 전통적 철학의 진리 추구와는 사뭇 다른 것으로, 영민함과 영리함(cleverness, shrewdness)을 의미하는 데이노테스(δεινοτης)를 칭하는 것이며, 도덕적, 합리적 지혜를 추구하는 프로네시스(φρονησις)와 대비되는, 이성적이지만 비합리적인 도구적 지혜를 칭한다는 사실이다. 이러한 자기 중심적 이성은 또한 "고집스럽고 의지적"(αὐθαδια, 641)인 것이며 다소간 번복되기 쉬운 가변적인 것으로 그녀의 자식살해 행위가 지니는 교차적(chiastic) 위상을 암시한다. 즉 인간적 복수와 신성한 응징, 마녀성과 영웅성이 혼재하며, 고전 계몽주의 시대가 내포한 신성과 인성, 이성과 감성이라는 혼종성을 포용하는 역사의 도가니가 쏟아내는 극적 효과의 현대성을 엿볼 수 있다.

메데이아의 복수 대상은 애초에 자신을 모욕한 당사자들인 크레온, 크레우사, 그리고 이아손 이었으며, 그들을 독살하려는 계획(373~85) 또한 정당한 것으로 받아들여질 수 있는데(580~82), 이런 측면에서는 튀르소스로서 신성의 대변자인 그녀의 영웅성이 주요 동인으로 부각되고 있다. 하지만 아테나이(Ἀθηναι) 왕 아이게우스(Αἰγευς)를 만난 후 그녀의 복수 계획은 점차 심리적 위상으로 전이되며 전통적, 영웅적 복수보다는 "가장 깊이 상처를 입히는"(817) 방법으로, 이아손을 죽이는 것보다 그 자식들을 죽여 효과를 극대화시키는 방법으로 나아간다. 이런 계획은 인륜(νομος)을 핑계하여 인륜을 범하고 신성한 응징의 범주를 넘어선 것으로, "신들과 내가 악한 마음으로 이것들을 계획했다"(1013~14)고 메데이아 스스로 인정하고 있는데, 이는 자신의 도구적 이성으로 신성을 전유하는 데이노테스의 한 전형으로 볼 수 있다.

> 난 내가 어떤 악한 짓을 저지를지 안다,
> 하지만 격정(튀모스)은 나의 판단을 짓밟았고,
> 격정은 인간세상 악행의 뿌리가 되도다. (1078~80)

> καὶ μανθάνω μὲν οἷα τολμήσω κακά,
> θυμὸς δὲ κρείσσων τῶν ἐμῶν βουλευμάτων,

ὅσπερ μεγίστων αἴτιος κακῶν βροτοῖς.

신성과 인성, 이성과 감성의 경계에서 표출되는 메데이아의
튀모스는 이율배반적 모순과 갈등, 숙고와 번민의 모습으로 극화
되며(1044~58), 관객들의 공포와 연민을 자극하며 비극의 정점을
치닫는데, 이를 통해 고전 계몽주의 시대정신과 베르낭 식의 비극
정신을 더욱 명확히 간파할 수 있다. 인간은 때로는 위대한 존재
로서 두드러져 보이지만 위험한 존재로, 수수께끼 같은 이중적
존재이다. 도구적 이성뿐만 아니라, 결핍된 남성으로서의 여성
메데이아의 튀모스는 지극히 위험한 도구로 통제와 감시의 대상
이 된다.

신적 정의를 수행하는 도구이자 동시에 위험한 도구인 여성의
튀모스는 또 다른 이방 여인 헤카베에게도 유사한 방식으로 투
영된다. 하지만 메데이아의 경우 극의 결말에서 하늘에서 내려
온 수레를 타고 유유히 떠나가는, 데우스-엑스-마키나(deus-ex-
machina)에 의해 다소간 위안이 허락되는 것과는 달리 "개"(1173,
1265)와 같은 인생을 마감하는 헤카베에게는 최소한의 위안도 성
취감도 허락되지 않는 듯하다. 패망한 트로이아의 국모로 영화
와 굴욕의 극단적 운명을 맞이하며 그리스 군의 포로가 되어 먼
항해 길에 올라있는 헤카베는 인품과 덕성 그리고 인정 까지도

겸비한 인물로, 한 때 트로이아 도성에 첩자로 잠입한 오뒤세우스(Ὀδυσσευς)가 붙잡혀 목숨이 위태로울 때 그를 구해준 은인이기도 하다(239~53). 아울러 그녀의 이성적이며 논리적인 지성은 비록 이제는 포로의 신분이긴 하지만 오뒤세우스를 상대로 한 야만 논쟁(barbarian debate)과 수사적 언변을 통해 잘 드러나는데, 그리스 군의 영웅 아킬레우스(Ἀχιλλευς)의 혼령을 달래기 위한 제물로 살아있는 사람, 그것도 헤카베 자신의 딸 폴뤼크세네(Πολυξενη)를 희생시키려 하자 야만적인 희생 제의는 문명국 그리스의 이름에 어울리지 않으므로 황소를 바칠 것을 제안한다(260~61). 그녀의 수사적 설득은 더 나아가, 만약 인간 제물이 요구된다 하더라도 이 전쟁의 원인이 되고 미모 또한 으뜸가는 헬레네(Ἑλενη)가 적합하다는 주장을 편다(262~69). 이러한 일련의 주장과 설득은 아킬레우스의 혼령이 폴뤼크세네를 원한다는 다소 궁색한 오뒤세우스의 변명을 뛰어 넘어 무색하게 만드는 것으로, 탄원자인 타자와 마키아벨리적 주체 간의 위상 전이를 유발한다(C. Segal 217). 문명 그리스가 오히려 더 야만적인 욕망을 노출시키는데, 이 전쟁과는 직접적 연관이 없어 보이는 여성 포로를 산 제물로 바치는 행위는 야만 그 자체이기 때문이다. 여기서 문명 그리스를 압도하는 헤카베의 카리스마(χαρισμα)는 폴뤼크세네의 담담하고도 고귀한 죽음에 의해 한층 더 빛을 발하게 되고 이를 통해 가장 불행한 가운데서도 가장 축복받은 여인으로 자리매김해 주고 있다(577~82).

이러한 전통적, 영웅적 성품은 자연스럽게 파렴치한 야만인 폴뤼메스토르의 행위에 분개하며 우의관계를 배반하고 인륜을 저버린 그를 향한 복수 계획은 신성한 의무로 비쳐진다(Nussbaum 407). 패망국 트로이아의 유일한 희망으로 남아있던 왕자 폴뤼도로스를 맡아 보호하기로 약속했던 이웃나라 트라키아의 왕 폴뤼메스토르는 황금에 눈이 어두워 그의 지참금을 탈취하고 그를 도륙하여 바다에 내다 버리는 참담하고 불경스런 범행을 저질렀기 때문이다(715). 폴뤼크세네의 고결한 주검을 장사 지낼 물을 길러 바다로 갔던 시중들이 해안가에 떠내려 온 폴뤼도로스의 주검을 발견하고, 헤카베에게 이 사실을 알린다. 이에 설상가상 이중의 슬픔을 맞이한 헤카베는 격분하며 울분을 감추지 못한다 (681~84). 아울러 영웅적 카리스마를 통해 드러나는 이런 분노는 가히 신적 정의를 집행하는 제우스의 사제에 버금가는 양상을 보이는데, 이는 친구로서 손님과 주인의 우의관계는 제우스 신의 뜻과 맹세에 속하는 범 그리스적 믿음에 뿌리를 두기 때문이다.

우리는 사실 종들이고 또한 무능한 자들이지요,
하지만 신들은 위대하며 그 권능의 원천은 노모스(νομος)랍니다.

우리는 노모스를 좇아 신을 섬기고

정의와 불의를 분별하며 살아가지요.

그런데 이 원리가 당신에 와서 무너진다면,

친구-손님을 죽인 자가 정의의 심판을 받지 않고,

감히 성전을 훼손하는 자가 심판을 받지 않는다면,

인간 세상에 더 이상 노모스는 존재하지 않는 것이죠. (798~805)

ἡμεῖς μὲν οὖν δοῦλοί τε κἀσθενεῖς ἴσως·

ἀλλ᾽ οἱ θεοὶ σθένουσι χὠ κείνων κρατῶν

Νόμος· νόμῳ γὰρ τοὺς θεοὺς ἡγούμεθα

καὶ ζῶμεν ἄδικα καὶ δίκαι᾽ ὡρισμένοι·

ὃς ἐς σ᾽ ἀνελθὼν εἰ διαφθαρήσεται,

καὶ μὴ δίκην δώσουσιν οἵτινες ξένους

κτείνουσιν ἢ θεῶν ἱερὰ τολμῶσιν φέρειν,

οὐκ ἔστιν οὐδὲν τῶν ἐν ἀνθρώποις ἴσον.

헤카베의 분노와 복수 의지는 지극히 신성한 것으로, 불경스런 범행의 장본인 폴뤼메스토르를 처벌하는 것은 천륜(νομος)을 따르는 인간의 도리에 해당하는 바, 아가멤논(Ἀγαμεμνων)에게 신성을 모독한 자를 처벌하는 성스러운 사역에 동참해 줄 것을 요청한다(786~97). 하지만 신성한 의무 보다는 사적 이거나 혹은 국가적 이익에 더 관심이 많은 아가멤논은 그 요청을 거절하는데, 폴뤼크세네를 산 제물로 바치는 야만적 행태에서 이미 폭력과 타락의 온상이 된 그리스의 치부를 드러냈고 이를 통해 권력을 행사하는 아가멤논 또한 부정과 불의의 한 중심축에 위치함을 예견할 수 있다. 따라서 천륜과 도의 보다는 트로이아의 왕녀로 이제는 자신의 여자가 된 카산드라(Κασσανδρα)와의 사적 인연(1855)을 고려해서 헤카베의 신성한 계획을 묵인하고자 하는데, 이는 폴뤼메스토르의 트라키아와 그리스 간의 정치외교 관계를 우선적으로 고려한 결정이며 마키아벨리적 군주의 고전적 전형이 된 아가멤논의 처세술을 엿볼 수 있는 대목으로 오뒤세우스와도 그 궤를 같이 하고 있다(C. Segal 217).

여기서 한 가지 되짚어 볼 점은, 오뒤세우스가 폴뤼크세네를 산 제물로 희생시키는 야만적 제의는 앞서 트로이아와의 전쟁을 위해 출항할 때 순조로운 항해를 위해 이피게네이아(Ιφιγενεια)를 산 제물로 바쳤던 아가멤논의 반문명적 제의와 같은 맥락에서 볼 수 있는 것으로, 더 나아가 이러한 반인륜적 폭력성은 폴뤼메스토르의 신성모독적 배신행위와 그리 먼 거리에 있지 않음을 주목할 필요가 있다. 비록 이방 야만인들의 그것과는 달리 다소간 미화, 은폐되거나 희석되어 크게 두드러져 보이진 않지만, 문명의 이름으로 자행되는 그리스인들의 만행은 실로 더 치명적이며 폴뤼메스토르의 그것을 능가하는 반인륜적 행태이다. 작가 에우리피데스가 이를 통해 표출하는 무대(theatrum mundi)는 야만과 문명 모두 타락한 세계에 속하며 그 정도의 고하를 막론하고 신적 질서의 회복과 구원이 필요한 세상임을 드러내고 있다. 이에 신적 정의와 천륜을 부르짖으며 분노하는 헤카베의 영웅적 위상은 제우스의 사제에 합당한 것이지만 그녀 자신도 이러한 혼돈된 세계의 한 파편으로 팽개쳐진다는 사실이 주목할 만하다.

도구적 이성과 튀모스의 교차점에서 분노의 화신이 된 헤카베는 프리아모스 가의 황금을 숨겨둔 곳을 알려주겠다며 설득하여 폴뤼메스토르를 유인한 후 브로우치로 눈을 찔러 실명시키고 그의 두 아들은 칼로 처단한다(1012~1055). 튀모스의 정점에서 벌어지는 이 같은 끔찍한 복수를 행하는 트로이아 여인들은 잔인한 사냥개(1173) 같았고, 폴뤼메스토르의 예언적 저주처럼 이후에 바다 한 가운데서 몸을 던진 헤카베는 불 같은 눈의 암캐(1265)로 변하고 개의 무덤(κυνος σημα, 1273)에 묻힌다. 트로이아 왕국의 지덕을 겸비한 축복된 국모(492~93)에서 인간 가운데 가장 고통받는 신세(722)로 전락하며, 신적 정의를 실행하는 영웅적 사제의 모습을 취하지만 분노의 종으로 개와 같은 종말을 맞이하며 철저히 이중적 페르소나로 자리매김 된다. 신성의 도움으로 용의 수레를 타고 승천하는 메데이아에게서 보는 최소한의 위안도 없이 어둡고 암울한 비극의 주인공으로 끔찍한 생을 마감한다(Rehm 187). 이는 디오뉘소스의 신성에 이끌려, 신을 모독하고 "웃음거리로 만드는 자"(1081), 펜테우스, 즉 자신의 아들을 제물로 스파라그모스 축제를 벌이며 신성의 사제 마냥 테바이 도성에 입성하지만 결국에 드러난 현실은 자식살해에 따르는 고통과 추방뿐인 아가우에의 삶과 대동소이 하다.

  아가우에의 불행은 디오뉘소스 신의 신성을 거부하며 그녀의 자매이자 디오뉘소스의 어머니인 세멜레(Σεμελη)를 조롱한 것에서 비롯되며(32~36), 자신의 아들이자 테바이의 통치자인 펜테우스의 불경스런 오만함에 의해 증폭된다. 여기서 우선 주목할 사실은, 이 극은 극의 존재론적 근원을 탐문하는 메타드라마적 담론에 무게 중심이 놓여 있다는 점이다(Dobrov 72~75). 인간은 왜, 누구를 위해 극작 행위를 하는가, 즉 드라마투르기아(δραματουργια, dramaturgy) 그 자체에 관한 질문과 답변을 토대로 이 극이 구축되어 있다는 것인데, 그 중심은 디오뉘소스 신이다. 극의 발단에서 디오뉘소스가 동방의 뤼디아(Λυδια) 여인들을 이끌고 테바이로 입성하고 테바이 여인들을 동반하여 비의적(mystical ritual) 축제의 장인 키타이론 산으로 몰려간다. 이에 테바이의 창건자이자 펜테우스의 할아버지인 카드모스와 눈먼 예언자 테이레시아스도 테바이 사람들의 동참을 종용하며 축제의 산으로 향할 채비를 마쳤다. 하지만 젊은 통치자 펜테우스는 오히려 그들을 비난하고 디오뉘소스를 동방 뤼디아에서 온 마술사(235) 취급하며 도시를 혼란에 빠뜨리는 모든 이들을 감옥에 잡아 가두고 디오뉘소스를 교수형에 처할 것이라 경고한다. 이런 왕명과 더불어 디오뉘소스를 추종하는 여인들, 즉 박카이들이 투옥되고 디오뉘소스 역시 체포되었는데, 이 때 펜테우스 앞에 선 디오뉘소스의 여성스런 모습과 혼종적 특성에 주목할 필요가 있다.

그리스적 이성과 남성 중심적 가치관에 입각한 펜테우스의 시각에서 볼 때, 디오뉘소스의 긴 머리결과(236) 하얀 살결(457)은 단지 유약하고 비주체적인 여성성의 상징이며 박카이들의 비이성적 튀모스와 중첩되어 신적 권위와는 거리가 먼 모습이다. 따라서 투옥되었던 박카이들이 신성에 의해 감옥 문이 저절로 열리고 족쇄가 풀리어 모두 키타이론 산으로 되돌아갔다는 사실과 디오뉘소스가 미소를 지으며 자진해서 두 손을 내밀어 포박 당했다는 등의 신비한 목격담을 그의 부하들이 직접 전해주지만(435~51) 펜테우스는 받아들이지 못한다. "오만은 폭군을 낳는다"(874)는 경계의 말에도 불구하고 끝까지 자신의 판단과 이성을 신뢰하고 추종했던 오이디푸스와 마찬가지로, 그는 더욱 광기를 띠며 디오뉘소스의 신성한 머리카락을 자르고 신성의 상징인 튀르소스를 빼앗은 후 투옥시킨다. 물론 얼마 후 신성한 능력으로 쇠사슬을 풀고 다시 나타나는 디오뉘소스를 스스로 목격하고도 여전히 무지와 오만함을 벗어나지 못하는 펜테우스에게 자신의 사자가 조심스럽게 다가와 키타이론 산에서 연출되는 박카이들의 제의가 예상 밖으로 아주 질서 정연한 장관(693)을 이루었으며 아울러 박카이들이 수많은 경이로운 기적을 행했다고 전하며, 만약 펜테우스가 그 광경을 목격했더라면 디오뉘소스의 신성을 믿지 않을 수 없을 것이며 이는 분명 신성에 의한 것으로 의심의 여지가 없다고 덧붙인다(695~764). 하지만 디오뉘소스와 그 추종자들을 비이성적 튀모스의 범주로 재단해 버리는 펜테우스의 불경스런 오만은 그칠 줄 모르고 종말을 향해 치닫는데, 그 끝에는 스파라그모스 제의가 그의 몸을 제물로 기다리고 있다.

이방인의 모습을 한 신성은 펜테우스의 관음증을 매개로 그를 여성의 복장으로 분장시킨 뒤 키타이론 산으로 인도해 간다. 하지만 그가 기대했던 욕망의 대상이 보이지 않자 음란과 방탕한 모습을 보려면 나무 꼭대기가 좋을 터이니 그렇게 해달라고 부탁하자, 이방인은 그가 원하는 대로 해 주고는 곧 사라져 버린다. 신성한 비의적 축제를 음란과 광기로 재단하는 펜테우스의 불경스런 오만은 역설적이게도 폴리스적 이성의 타락하고 광기 어린 그림자로 투영되고 있는 사실이 흥미로운데, 여기서 펜테우스의 욕망은 폴리스적 이성이 노출시키는 펜테우스 그 자신의 내재하는 타자(Kristeva 181)이기 때문이다. 이윽고 하늘에서 신성의 소리가 들려온다. 신성한 축제를 "웃음거리로 만드는 자"를 처단하라는 소리와 더불어 하늘과 땅 사이에 신성의 불꽃이 타오르고(1079~83) 잠시 후 박카이들이 달려들어 그를 짐승(1108)마냥 갈기갈기 찢어 죽이는 잔인한 장면이 연출된다. 여기서 주목할 점은, 펜테우스의 병든 이성(C. Segal 167)과 박카이들의 광기가 중첩되며, 더 나아가 신성한 응징을 수행하는 박카이들의 영웅적 모습과 그 이면에 자리잡은 비이성적 튀모스가 나란히 병치된다는 사실이다.

아가우에의 자식 살해는 불경스런 오만에 대한 신적 정의의 승리이며 폴리스적 이성, 즉 병든 이성과 가부장적 사회체제에 대한 도전을 함축하는 디오뉘소스적 역동성을 드러내는 모티프이다. 디오뉘소스적 세계는 남녀노소 차별을 폐하며(204~6), 빈부차이 없이 포도주와 환희를 누리고(421~22), 헬라인이나 이방인 모두 함께 어울리며(18~19), 이성과 감성이 공존하며 조화를 이루고 차이를 파괴하는 원리를 지향하는 탈경계적 장이다(C. Segal 234). 이에 대비된 펜테우스의 폴리스는 여성의 활동을 가사 일에만 국한시키고(1235~38), 이방인들을 차별하며 얕잡아 보고(482), 인간적 판단을 신성에 앞세우며 배타적 이성에 사로잡혀 있다. 제우스 신에 의해 부여 받은 신성의 눈, 예언의 눈(Brisson 122~23)

을 가진 지혜자 테이레시아스는 이러한 펜테우스의 배타적 이성이 병들었고 비이성적(326)이라 경계하며 "정도를 지나치지 않는"(μηδεν ἀγαν) 지혜를 촉구한다.

절제 없는 말,
불경한 어리석음,
그 결말은 재앙이라.
…
내가 보기에, 그것은
광기 어린 인간의
악한 길이라. (386~402)

ἀχαλίνων στομάτων
ἀνόμου τ᾽ ἀφροσύνας
τὸ τέλος δυστυχία:
…

　　　　　　　μαι-
νομένων οἵδε τρόποι καὶ
κακοβούλων παρ᾽ ἔμοι-
γε φωτῶν.

따라서 아폴론 사제의 충고마저 거부하고 공존과 조화를 해치며 신성을 모독하는 오만한 자 펜테우스에게 집행된 신적 응징은 실로 인간의 이해 범주를 넘어선 엄중한 것인데, 그 집행자인 박카이들은 신성의 사제이며 동시에 광기의 딸들로서 이중적 역할을 수행하고 있다. 박카이의 인도자인 아가우에는 자신의 아들 펜테우스의 머리를 사자새끼의 그것 마냥 튀르소스에 꽂아 개선 장군으로 의기양양하게 테바이로 입성한다. 하지만 곧 광기의 베일이 벗겨지고 친자살해의 중심에 자신이 있다는 사실을 인지하는 순간, 테바이는 온통 통곡의 성으로 변하고 비극의 최절정에 이른다. 카드모스의 울부짖음 같이 "정당하지만 너무나 가혹한 파멸"(1249~50)이 오만과 불경함의 대가(1297)로 주어지고, 신성의 사제 마냥 디오뉘소스 축제를 이끌며 생명의 에너지를 쏟아내던 아가우에가 이제 자신의 태에서 난 생명을 파멸시킨 살육의 여사제(1114)로 그 역할이 반전되고, 생명의 상징인 듯 했던 디오뉘소스적 세계가 죽음의 그림자로 무대를 휩쓴다.

이는 광기로 광기를 제어하는 디오뉘소스적 역동성의 한 단면으로 모순적이며 불연속적인 디오뉘소스적 세계의 특성 그 자체이며 유한한 인간의 내적 속성이다(Rosenmeyer 383). 박카이를 둘러싼 이중적 여성성은 이러한 역동성의 역설적 모순을 함축하는 것으로, 생성과 파괴, 죽음과 재생, 이성과 감성, 더 나아가 남성과 여성, 주체와 타자의 탈경계적 혼종성에 그 토대를 두고 있다. 남성이며 여성적인 디오뉘소스는 금빛의 긴 곱슬머리, 하얀 살갗에 장미 빛 얼굴로 미소 지으며, 포도주를 통해 인간의 고통을 환희로 바꾸며 생명의 원천을 공급해주는 가장 온유한 신(861)이지만, 동시에 가장 무서운 신으로 광기와 파괴 그리고 살육의 모습으로 박카이들에게 투영되고 있다. 생명과 파괴, 이성과 광기가 교차하는 이러한 역설적 대비는 이 작품이 지향하는 주요 모티프이며, 더 나아가 역동적 양가성과 변증적 합일을 추구하는 디오뉘소스 시학의 본질에 속하는 것이다(C. Segal 8).

4.

"역설의 비극작가"로 일컬어지는 에우리피데스는 무엇보다 이성적 사유와 감성의 딜레마를 작품 전반에 걸쳐 노출시키며, 고전 계몽주의 시대를 주도하는 실존주의적 고뇌를 대변하는 시인이자 철학자이다(E. Segal 244~53). 이성적이지만 비합리적인 인간사유의 범주를 초월한 지점에서 분출되는 역동적 생명력을 집요하게 추적하는 작가 에우리피데스의 열정은 '역설'이라는 형식으로 드러나며, 이는 베르낭 식의 그리스 비극의 역사성 측면에서 볼 때, 신화에서 이성으로 인식의 전환을 요구하는 시대정신과 신화로의 회귀를 꿈꾸는 작가정신의 교차지점에서 발생하는 실존적 불일치와 양가적 모순을 비극의 정신으로 담아내고 있기 때문이다(정해갑, 「그리스 비극」 182). 따라서 이러한 역설적 비극작가의 여성 인물들을 연구함에 있어 무엇보다 주목을 끄는 핵심적 모티프는 이중성인데, 남성 중심 사회 더 나아가 이성 중심 사회의 내적 모순을 광기로 노출시키며 변혁을 자극하는 신적 튀르소스의 역할을 수행하는 여성 인물들의 영웅적 모습이 선명하게 부각되는 점은 동시대 여느 작가들과도 구별되는 주요 특징 중 하나로 볼 수 있다. 하지만 이런 새로운 지평을 지향하는 일면, 또 다른 면은 그러한 여성 인물들이 분출하는 비이성적 튀모스에 기인하는 광기와 마녀성이다.

이런 역설적인 이중적 특성은 고전 계몽주의 시대정신을 철학적 견지에서 포착한 작가 정신의 반영으로 읽을 수 있는 바, 무대 위의 철학자 에우리피데스는 그의 시대를 디오뉘소스적 역동성의 시학으로 재연하고 있다. 베르낭이 제시한 바처럼, 고전 계몽주의 시대를 조명할 때 우선 주목할 점은 신화와 이성의 역설적 교차인데, 인간 존재란 위대하면서 동시에 수수께끼 같은 것으로, 소피스트적 이성을 지향하지만 또한 그것으로 인해 파멸을 맞이하는 역설적 교차 지점에서 비극의 역사성이 발견된다(88). 이런 역설적 교차는 이중성으로 때로는 역동성으로 이해될 수 있는 것이지만 본질적으로 이해 불가한 수수께끼 같은 디오뉘소스적 인간의 존재론적 특성을 투영하고 있다. 인간 존재란 역설적 모순을 함축하는 것으로 생성과 파괴, 죽음과 재생, 이성과 감성, 더 나아가 남성과 여성, 주체와 타자의 탈경계적 혼종성에 토대를 두기 때문이다. 따라서 메데이아 같은 여성 인물들이 분출하는 비이성적 튀모스는 여성 타자와 결부된 파괴와 죽음의 메타포로 작동하는 동시에 남성 중심적(andro-centric), 이성 중심적(logo-centric) 사회에 대한 재생과 치유, 그리고 신화적 회귀를 촉발하는 역동적 튀르소스이다.

주제어: 『메데이아』, 『헤카베』, 『박카이』, 디오뉘소스적 역동성, 필리아, 튀모스, 탈경계, 이중성, 여성성
Medea, Hecuba, Bacchae, Dionysiac dynamism, philia, thymos, de-liminality, ambiguity, femininity

인용문헌

정해갑. 「One Genus(γενος)—One Form(ειδος) Hypothesis in Hellenistic Anthropogeny: Gender Discrimination as Quantitative Difference」. 『고전 르네상스 영문학』 22.1 (2013): 47~63.

정해갑. 「그리스 비극을 통해 본 신성모독과 불경함에 관한 연구: 『박카이』(Βακχαι)와 『오이디푸스 왕』(Οιδιπους Τυραννος)의 경우」. 『영미어문학』 114 (2014): 173~91.

Adams, H. Gardiner. *A Cyclopaedia of Female Biography*. Whitefish: Kessinger, 2010.

Allan, William. *Euripides: Medea*. London: Duckworth, 2002.

Aristotle. *The Complete Works of Aristotle*. Ed. Jonathan Barnes. Princeton: Princeton UP, 1995.

Brisson, Luc. *Sexual Ambivalence: Androgyny and Hermaphroditism in Graeco-Roman Antiquity*. Trans. Janet Lloyd. Berkeley: UCP, 2002.

Burnett, A. P. *Revenge in Attic and Later Tragedy*. Berkeley: UCP, 1998.

Dobrov, Gregory. *Figures of Play: Greek Drama and Metafictional Poetics*. Oxford: Oxford UP, 2001.

Dodds, E. R. *Euripides: Bacchae*. Oxford: Oxford UP, 1960.

Dodds, E. R. *Oxford Readings in Greek Tragedy*. Ed. Erich Segal. Oxford: Oxford UP, 1983.

Euripides. *Euripides Opera Omnia*. Charleston: Nabu P, 2011.

Foley, Helene. *Female Acts in Greek Tragedy*. Princeton: Princeton UP, 2001.

Fortenbaugh, W. W. Aristotle on Slave and Woman. *Articles on Aristotle: Ethics and Politics*. Eds. J. Barnes, M. Schofield and R. Sorabji. London: Duckworkth, 1977. 135~39.

Hesiod. *Theogony*. Indianapolis: Hackett, 1987.

Knox, Bernard. *Essays: Ancient and Modern*. Baltimore: Johns Hopkins UP, 1989.

Kristeva, Julia. *Strangers to Ourselves*. Trans. Leon Roudiez. New York: Columbia UP, 1991.

Murphy, J. Bernard. Aristotle, Feminism, and Biology: A Response to Larry Arnhart. *International Political Science Review* 15 (1994): 417~26.

Nussbaum, Martha. *The Fragility of Goodness: Luck and Ethics in Greek Tragedy and Philosophy*. Cambridge: Cambridge UP, 1986.

Page, D. *Euripides: Medea*. Oxford: Clarendon, 1938.

Plato. *The Complete Works of Plato*. London: Akasha, 2007.

Reckford, Kenneth. "Concepts of Demoralization in the *Hecuba*." *Directions in Euripidean Criticism*. Ed. P. Burian. Durham: Duke UP, 1985. 112~28.

Rehm, Rush. *The Play of Space: Spatial Transformation in Greek Tragedy*. Princeton: Princeton UP, 2002.

Rosenmeyer, Thomas. *Greek Tragedy: Modern Essays in Criticism*. Ed. Erich Segal. Oxford: Oxford UP, 1983.

Segal, Charles. *Dionysiac Poetics and Euripides' Bacchae*. Princeton: Princeton UP, 1982.

Segal, Erich. *Oxford Readings in Greek Tragedy*. Ed. Erich Segal. Oxford: Oxford UP, 1983.

Sophocles. *Sophocles Opera Omnia*. Charleston: Nabu, 2011.

Vernant, Jean-Pierre. *Myth and Tragedy in Ancient Greece*. Trans. Janet Lloyd. New York: Zone Books, 1990.

그리스 비극을 통해 본
신성모독과 불경함에 관한 연구*

: 『박카이』와 『오이디푸스 왕』의 경우

1.

『오이디푸스 왕』(ΟδιπουςΤυραννος)은 소포클레스(Σοφοκλης)의 대표작으로 대대로 인구에 회자되며 수많은 관심과 연구의 대상이 되어 온 수작이다. 세계문학의 꽃이라 불릴 수 있을 정도로 다양한 분야에서 각각의 주제로 연구되어 온 이 작품과 더불어 비교문학적 관점에서 연구 가치를 지니는 또 하나의 작품이 『박카이』다. 후자는 에우리피데스(Ειριπιδης)의 현존하는 마지막 작품

---

* 『영미어문학』 114호에 실린 글.

으로 그리스 본토 아테나이(Ἀθηναι)가 아닌 이방지역인 마케도니아(Μακεδονια)에서 집필된 것으로, 고향 아테나이에서 초연된 것은 작가의 사후인 B.C. 405년경으로 보여진다. 에우리피데스가 왜 먼 타향에서 여생을 보냈는지, 구체적으로 어떤 활동을 했는지는 확실하게 알려진 바 없지만, 그곳에서도 문학적 활동을 이어갔던 것으로 보이며, 그의 임종 소식을 전해들은 본토의 소포클레스가 그의 죽음을 애도하였으며, 이후 아테나이의 비극경연대회에서 『박카이』가 우승했다는 사실 등이 전해져 온다.

작가 사후에 우승을 안겨줄 정도로 대단한 인기를 누렸던 『박카이』에서 주목할 점은 소포클레스의 『오이디푸스 왕』과 유사한 비극적 모티프를 공유하고 있다는 점이다. 각 작품의 주인공인 오이디푸스(Οἰδιπους)와 펜테우스(Πενθευς)의 공통된 하마르티아(ἁμαρτια, cf. Dodds 177~180)는 인간의 도를 넘어선 과신과 과욕에 뿌리를 둔 오만불손(ὑβρις)과 신성모독이다.

홍미롭게도 이 두 작품을 연계시키는 연결고리 역할을 하는 인물이 장님 예언가 테이레시아스(Τειρεσιας)인데, 그를 통해 신들의 산 올림포스(Ολυμπος)에서 울려 퍼지는 깊은 메아리를 듣게 된다. 인간의 한계에 갇혀 자멸하기까지 자신의 어리석은 판단에 사로잡혀 헤어나지 못하고 무모한 몸부림을 지속하는 두 주인공들을 향해 아폴론 신의 사제 테이레시아스는 그들의 오만불손한 죄가 얼마나 엄청난 재앙을 가져올 것인지를 지속적으로 환기시키고 있다. 델포이(Δελφοι) 신전 입구에 각인되어 있었고 전 그리스적 지혜의 모토로 여겨졌던 "정도를 지나치지 말라(μηδεν ἀγαν)"는 중용의 도는, "너 자신을 알라(γνωθι σεαυτον)"는 모토와 함께 위의 두 작품들에서 주요 모티프로 작동한다.

아리스토텔레스(Ἀριστοτελης)의 감정 분석에 따르면, 신성모독과 연계된 오만불손은 잘못된 감정의 표출로서 '경멸(καταφρονησις)', '악담(ἐπερεαμος)'과 더불어 '업신여김(ὀλιγορια)'의 감정 상태를 통해 분노(ὀργη)를 유발시킨다고 한다(1378b). 디오뉘소스(Διονυσος) 신을 업신여기는 펜테우스의 행위나 아폴론 신탁에 대한 오이디푸스의 태도가 오만불손의 한 전형이며, 극히 제한적인 인간의 도구인 이성으로 우주적 존재인 신성을 측정하려는 태도는 가히 신들의 진노를 사기에 충분해보인다.

고대 그리스의 헬레니즘 문화는 제사와 정치가 다소간 중첩된 사회의 양상을 보여준다. 왕이 정치를 주도해 갔던 것은 사실이지만 여전히 제사장의 신탁이 중요했고, 디오뉘소스 축제를 비롯한 대부분의 축제, 심지어 연극 경연대회조차도 제사 행위의 하나로 치러졌다. 연극과 제의의 불가분의 관계를 잘 드러내주는 동시에 본 논문의 논지를 명백히 해주는 대목으로, 오이디푸스의 언행에 대한 코로스(χορος)의 다소 메타드라마적인 질문에 먼저 주목해보고자 한다. "우리는 무엇 때문에 춤을 추어야 하나?"(895~96). 코로스는 누구를 위해 노래하며 춤을 추는가? 답은 의외로 단순할 수 있다. 고 전문화의 토대에서 볼 때 모든 축제와 의식은 제사행위의 하나이므로 '신을 찬양하기 위해' 그들은 존재하는 것이다. 신을 기쁘게 하기 위해 춤을 추고 노래하는 코로스와는 대조적으로 자신들의 안위를 위해 신탁의 명령을 덮어버리고 무시하며, "하나는 여럿과 같을 수 없다"(845)는 인간적 측정과 계산에 천착하는 오이디푸스와 이오카스테(Ἰοκαστη)의 오만불손한 태도가 코로스의 눈에는 신성모독 그 자체로 보인 것이다. 신을 찬양하기 위해 행해지는 제의인 연극에서 신성을 부정하는 모순을 코로스는 메타드라마적으로 드러내고 있으며(Dobrov 71), 아울러 이런 신성모독적 인물들이 벌을 받지 않는다면 신은 존재하지 않는 것이며, 동시에 '신을 찬양하기 위해' 춤을 추고 노래한다는 것은 무의미한 짓이 될 것이라는 다분히 역설적인 의도가 담긴 강론이 '무엇 때문에'라는 질문에 내포되어 있다.

이처럼 극 속에서 극의 존재론적 근원을 탐문하는 메타드라마적 담론이 『박카이』(Βακχαι)에서도 역시 포착된다. 어떤 면에서는 이 작품 자체가 극의 존재론적 탐문 과정을 노출하는 시나리오라 볼 수도 있다. 연극공연과 제의는 '누구를 위해, 무엇 때문에 행해지는가?'라는 질문에 대해 에우리피데스는 연극행위를 통해 그에 대한 응답을 하고 있다. 축제가 진행되는 키타이론(Κιθαιρων)산은 세상이며 동시에 연극무대이고, 박코스의 여신도들(Βακχαι)과 펜테우스는 관객이며 동시에 배우이다. 그리고 디오뉘소스 신이 연출하는 이 제의에서 그 자신이 또한 배우이기도 하다. 다시 말하자면, 작가 에우리피데스는 그의 마지막 작품을 통해 연극 행위 그 자체가 신에 대한 경배이며 축제가 곧 제의인 것을 연극의 신 디오뉘소스를 직접 등장시켜 메타드라마적 기법으로 극화하고 있다(Dobrov 72~75). 인간의 존재론적 의미를 탐문하며 코로스는 자문한다—"지혜란 무엇인가?"(877). 이 역시 답은 간결하며 명쾌하게 제시된다—"신을 경배하지 않는 인간은 파멸한다"(886). 이를 다시 환원해서 말하자면, 신을 경배하며 찬양하는 것이 지혜로운 자의 도리이며, 이를 역행하는 펜테우스의 불경스런 오만불손함은 그 결과가 예견되는 어리석은 행위인 것이다. 인간의 얇은 지식에 천착한 이성으로 신성을 재단하며 심지어 구속하는 악행을 일삼았던 펜테우스를 향한 예견된 신의 징벌은 "너무나 가혹하지만 정당한 것"(1249)이라는 카드모스(Καδμος)의 고백과 함께 한편의 메타드라마가 종결된다.

2

테바이(Θηβαι)의 왕 오이디푸스는 철저히 이성적 인간이기를 갈망하는 고전 계몽주의 시대(B.C. 5세기)의 대표적 산물이다 (Knox 48~9). 인간은 만물의 척도(παντων χρηματων μετρον ἀνθρωπος)이며 이성적 측정에 의해 검증되지 않은 지식은 무가치하다는 시대적 요구를 반영한 인물로서, 매사에 알지 않고는 못 배기는 진리의 사제인 양 무대를 활보하는데, 이는 오이디푸스 자신의 탁월한 능력에서 그 나름의 이유를 찾을 수 있다. 그는 스스로의 이성적 추리에 의해 스핑크스의 수수께끼를 풀고 테바이에 내렸던 저주를 물리쳤고, 이로써 튀란노스(τυραννος)의 지위에 오르게 된다. 고전 계몽주의 시대에 튀란노스라는 호칭은 자신의 탁월한 지도력이나 능력으로 왕이 된 자를 일컫는 말인데, 이는 계보에 의해 자연 승계된 왕 바실레우스(βασιλευς)와는 그 의미가 사뭇 다르다는 사실에 유념할 필요가 있다. 그런 까닭에 오이디푸스는 자신의 능력의 원천인 이성적 측정과 추리에 더욱 집착하게 되며, 국가적 대재난이었던 스핑크스의 저주를 물리쳤던 위대한 성취가 오히려 그 자신을 얽어매고 넘어뜨리는 자승자박의 걸림돌이 되어 파멸로 치닫게 한다. 차라리 그때 그 수수께끼를 풀지 못했더라면 앞으로 닥칠 더 큰 인간적 파멸은 피할 수 있었을 것이라는 가정도 무리는 아닐 것이다.

이처럼 성취가 저주가 되는 것은 오이디푸스 자신의 깊은 내면에 도사리고 있는 자아도취적 오만함에서 그 싹을 보게 된다: "나는 누구의 도움도 받지 않고 스스로 스핑크스의 수수께끼를 풀어냈다"(395~96). 전후 맥락을 되짚어보면, 이런 발언은 아폴론의 사제인 테이레시아스의 예언과 조언을 업신여기는 것이며, 더 나아가 신성모독과 불경죄로 나아가는 선언문인 셈이다. 이 발언에 기초해서 그는 라이오스(Λαιος) 왕과 관련된 수수께끼를 스스로 풀어나갈 수 있다는 확신, 더 나아가 과신을 하게 되지만, 신성과 예언을 업신여기는 이런 오만함은 신들의 진노를 사기에 충분한 것이다. 신탁에 대한, 더 나아가 신들에 대한 경외심을 저버리며 오직 자기중심적 허상의 늪에 빠져 헤어나기 어려운 지경에 처한, 정도를 지나쳐 극단으로 치닫는 휘브리테스(ὑβριτης)인 오이디푸스의 경거망동함을 경계하고 동시에 국가의 안위를 염려하며, 코로스는 "아폴론 신이 더 이상 경배 받지 못하고 종교가 죽어간다"(910)고 경고하는데, 국가적 대재난이 있던 스핑크스의 저주를 스스로의 힘으로 풀고 위기에서 국가를 구했던 오이디푸스 자신이 이제는 수수께끼의 주인공이 되어 국가를 파멸로 몰아가고 있는 이중적 인물이 된다(Vernant 127). 이런 관점에서, "마지막 순간까지 누구도 행복하다고 단정할 수 없다"(1529~30)

는 코로스의 마지막 대사는 한계적 인간의 실존적 자각을 일깨우는 것으로 오이디푸스의 이중적 성격을 잘 지적하고 있다.

극의 전반부에서 오이디푸스는 "인간 존재 가운데 최고의 존재"(33)답게 테바이 시민들의 아픔에 동참하고 위로하며 곧 사태를 수습하여 도시를 원상회복시키겠노라고 말하며, 아폴론 신탁을 받으러 크레온(Κρεων)을 보내 났으니 곧 해결의 실마리를 찾게 될 것이라고 공언한다. 그리고 곧 도착한 크레온으로부터 라이오스 왕을 살해한 자들의 핏값을 치러야 저주가 풀린다는 신탁을 전해 듣는다. 이에 코로스와 크레온은 테이레시아스의 예언적 지혜를 청종할 것을 추천하고 오이디푸스는 그렇게 해서 사태를 조속히 수습하겠노라며 강한 해결 의지를 보인다. 여기까지는 오이디푸스와 시해자와는 무관한 듯해 보이며 오이디푸스 자신도 객관적 관찰자 혹은 심판자의 모습으로 서 있다. 아울러 냉철하고 이지적인 튀란노스의 덕과 위엄도 엿볼 수 있으며 스핑크스의 수수께끼를 푼 최고의 존재로 손색없어 보인다. 그러나 테이레시아스와의 조우 장면에서부터 사뭇 다른 모습의 오이디푸스를 보게 되는데, 이는 이중적 존재인 인간 오이디푸스가 진리를 둘러싼 자아의 껍질을 찢는 인식의 과정, 그것으로 인한 고통의 여정과 마주하고 있기 때문이다. 진리라는 의미의 단어 알레테이아(ἀληθεια)는 어원적으로 아-레테(ἀ-ληθη, 탈-망각)

인데, 이는 망각의 강인 레테(ληθη)를 되돌아 건너가는 여정을 담고 있기에 이 과정에서 필연적으로 망각된 상처를 만나게 되며, 앎(γνωσις)이라는 찢는 고통이 동반된다(Heidegger 204). 이러한 진리와 망각, 실상과 허상 사이에서 온 몸으로 거부하며 몸부림치고 버둥대는 실존적 인간 오이디푸스를 또한 테이레시아스는 가슴 아프게 바라보아야 하기에 조용히 망각하고자 하며 오이디푸스에게도 그렇게 하기를 종용한다. 오이디푸스에게 있어 레테의 강은 빠져 나오려 몸부림치면 칠수록 상처가 깊어가는 역설의 강이기 때문이다.

진리의 사제인 테이레시아스와 마주친 오이디푸스의 첫 반응은 당연히 거부로 나타나는데, 이는 이미 예견된 바이다. 이러한 거부는 망각에서 진리로 나아가는 아픔의 시작이며, 인간의 이성적 범주에서는 결코 받아들일 수 없는 일련의 담론이거나 충고이기 때문이다. 주목할 점은, "신과 같은 예언자"(298)인 테이레시아스의 충고나 계시적 선언을 무시하거나 폄하하며 부정하는 것은 이미 신성모독이며 용서받기 어려운 죄인데, 이러한 죄의 속성은 라이오스 가문의 피내림 속에 침잠된 오만불손한 불경죄와 연계되어 있다는 것이다. 오이디푸스의 아버지 라이오스가 젊은 시절에 범한 신성모독적 동성애 사건과 이에 따르는 아폴론 신의 예언적 저주는 이 극 작품 속에서 직접 언급되거나 드러내 보이진 않지만 신화적 모티프를 형성하는 주요 근간을 이루고 있다. 그 불경함의 징벌로 라이오스는 자식을 낳지 말라는 명령을 받는데, 이를 어기면 더 큰 저주가 내려 그 자식의 손에 죽음을 당할 것이며 그 자식도 비극적 종말을 맞을 것이라는 예언이 주어진다. 하지만 이러한 신의 명령에도 불구하고, 신의 명령조차 거부한 오만불손한 라이오스는 자식을 낳지만 그 결과 예견된 죽음을 맞이한다. 실로 라이오스 가문에 얽힌 신화의 여정은 신성모독적 불경함에 꼬리를 물고 연속되는 불경함의 뮈토스(μυθος)인데, 그 신성모독의 피내림이 오이디푸스에게서 그대로 확인되는 것과 라이오스에 의해 뿌려진 불경의 씨앗이 장성하여 열매를 맺고, 게다가 이성적 오만함이 더해지는 점층적 구조를 보이는 점이 흥미롭다.

마침내, 오이디푸스는 진리와 신성의 대변자인 테이레시아스를 권모술수와 역모의 종으로 폄하하기에 이르는데(390~403), 이는 테이레시아스가 전해준 오이디푸스 자신과 라이오스 집안에 관련된 일련의 비극적 사실이 크레온에 의해 주도된 왕위 찬탈 음모이며 조작된 것으로 테이레시아스가 그 음모의 수족 노릇을 하고 있다는 판단에 따른 것이다. 이에 오이디푸스의 신성모독적 오만불손함이 도를 지나쳐 가는 것을 경계하던 코로스는 심각한 우려를 표하기에 이른다: "오만함이 폭군을 낳는다"(ὕβρις φυτευει τυραννον, 874). 이즈음에서 우리는 이 극작품의 제목을 한 번 더 살펴볼 필요가 있는데, *Οἰδίπους Τύραννος*에서 '튀란노스'의 의미가 왕 또는 폭군으로 이중적이라는 사실에 유념해야 한다. 우리가 통상 '왕'으로 번역하고 있는 이 단어는 앞에서도 언급된 바처럼 스스로의 탁월한 지도력이나 능력으로 왕이 된 자를 의미하는 것이지만, 또 다른 의미로 '폭군'을 지칭할 수 있다. 왕과 폭군 사이의 실존적 중첩성에 대한 부단한 자기성찰의 요구가 이 작품의 표제를 통해 역설적으로 표출되는데, 이는 베르낭의 용어로 표현하자면 인간 존재의, 더 구체적으로는 오이디푸스의 실존적 이중성을 드러내는 좋은 예가 될 수 있다.

안타깝게도, 오만함으로 인해 점차 눈 뜬 장님이 되어 가는 오이디푸스는 그 스스로가 가정과 국가적 저주의 핵심 요인이면서 그것을 전혀 인식하지 못하며, 오히려 신성의 사제인 테이레시아스를 통해 전해지는 계시적 지혜인 "μηδεν ἄγαν"을 멸시하고 조롱하며 자신의 이성적 측정과 계산에 천착하는데, 이로써 그는 하나와 여럿, 전체와 부분의 수수께끼를 풀기 위해 자신의 총력을 집중한다. 테이레시아스와의 한바탕 소란 후, 억울한 누명을 토로하는 크레온이 달려와 또 한 차례의 소란이 이는 가운데 이오카스테가 등장하여 중재를 하며 말하기를, 라이오스 왕은 삼거리에서 '도둑들'에게 살해당했으며 라이오스의 아들은 난 지 사흘도 되지 않아 산에 내버려 죽게 했으므로 신탁의 예언은 신뢰할 만한 것이 못되며 언쟁을 벌일 필요가 없다는 내용이다(705~725). 이처럼 풍문이 전하는 바와 오이디푸스 자신이 직접 경험한 사건 간에는 같기도 하고 다르기도 한 수수께끼 같은 면이 존재하는데, 자신은 1인이고 도둑들은 다수이고, 라이오스 일행 6명 전원을 죽였는데 생존자가 있다는 사실은 이성적 측정의 범주에서 결코 하나가 될 수 없는 사건이다.

여기서 흥미로운 것은 오이디푸스는, 자신의 눈을 포함한, 인간의 눈을 지나치게 신뢰하고 있다는 점이다. 스핑크스의 수수께끼를 풀 때도, 눈을 통한 해결법으로 네 발, 두 발, 세 발의 인생 여정을 계산해냈던 것을 상기할 필요가 있다. 이성적 눈을 통해 승리자가 되었던 오이디푸스가 이제는 그 눈으로 인해 파멸의 길로 들어서는 아이러니가 의미심장하며, 또한 이성적 눈은 보고자 하는 바를 보는 눈이지 전부를 보는 눈이 아니라는 사실이 이 작품의 해석에 중요 모티프로 작용한다. 라이오스 일행 중 유일한 생존자로 알려진 양치기를 수배해서 코린토스(Κορινθος)의 사자와 대질심문을 벌이는데, 정작 탐문과제였던 1인과 다수, 전체와 부분의 문제는 한 번도 거론되지 않는다. 작가 소포클레스는 어떤 의도로 이런 극 구성을 했을까? 1인과 다수는 분명 다른 것이고 전체와 부분은 차이가 엄연한데, 어떻게 그것에 대한 해명을 기다리는 관객의 기대를 저버리며 바로 오이디푸스의 실명으로 극을 몰아갔을까? 그 답을 찾기 위해서 우리는 실명의 모티프를 한 번 고찰해볼 필요가 있다.

극의 전반부, 오이디푸스가 눈먼 테이레시아스와 언쟁을 벌이는 장면에서, 자신의 볼 수 있는 눈이 테이레시아스의 보지 못하는 눈보다 더 정확한 판단을 할 수 있고, 스핑크스의 수수께끼를 풀 수 있는 눈을 가진 자신이 우월하다는 주장을 펼친다(370~75). 이는 곧 방금 전에 "당신이 찾고 있는 그 살해범은 바로 당신이오"(362)라고 숨기던 사실을 말하며, 오이디푸스의 억울한 누명 씌우기에 반박하여 테이레시아스가 답한 내용과 연결된다. 라이오스 가문의 저주와 관련된 비밀을 차마 밝히지 못하고 덮어버리려는 테이레시아스를 향해, 크레온과 공모하여 비밀스런 역모를 꾸민다고 오이디푸스가 억지 주장을 하자(345~49), 이에 대해 견디다 못한 테이레시아스는 사실을 선포하기에 이른 것이다. 이러한 진리의 선포에 대해 오이디푸스는 눈 먼 자의 엉터리 같은 말 또는 거짓말로 치부하며 자신의 볼 수 있는 눈이 더 정확한 진실을 규명하리라 확신한다. 하지만 이는 인간의 불완전한 이성과 불완전한 눈을 과신하는 오이디푸스의 오만함에서 비롯된 것으로, 영혼의 눈을 가진 신성의 사제를 멸시하고 조롱하는 것은 이미 신성모독이며 불경함의 극치라고 보아진다. "신과 같은 예언자"인 테이레시아스의 눈은 신성의 눈이며 예언의 눈으로 제우스 신에 의해 부여된 능력의 눈이다(Brisson 122~23). 이런 초월적 신성의 눈만이 진리를 볼 수 있으며, 상대적 가치에 천착하는 불완전한 인간의 눈은 보고자 하는 것만 보는 눈으로 혼란만 가중시키고 상처만 더 깊게 만드는 신뢰할 수 없는 눈이다.

따라서 이런 신뢰할 수 없는 눈들이 논하는 1인과 다수, 전체와 부분의 문제는 그 자체로 이미 상대적이며 가변적인 것으로 작가 소포클레스는 재론의 여지조차 남기지 않는다. 고전 계몽주의 시대의 소피스트들에게 있어 "인간이 만물의 척도"라는 의미 속에는 이미 상대적 가치가 내재되어 있는 것으로, 뒤집어보면 인간적 측정이나 계산은 주관적 시각과 입장에 따라 달라지거나 가공될 수도 있는 것이다. 이러한 상대적이며 가변적인 인간의 눈에 의지하여 절대적 신성의 눈을 재단하려는 오만불손함은 곧 신성 모독 이며 그 죗값을 치르게 된다. 눈에는 눈이라는 고전적 방식으로 눈이 저지른 죄를 눈으로 갚는데, 이는 B.C. 5세기의 사회사상을 반영한 것이며 종교적 도덕적 전통과 이에 대응하는 소피스트들의 인간중심적 논리가 충돌하는 교차지점에서 비극의 역사성을 발견하게 된다(Vernant 88). 이는 또한 인간 존재란 위대하면서 동시에 위험한 이중적인 수수께끼 같은 존재임을 드러내는 것이다(121).

주목할 만한 것으로, 튀란노스라는 표제어의 경우처럼 작가 소포클레스는 이미 오이디푸스라는 이름을 통해서 그런 이중성을 암시하고 있는데, 오이디푸스(Οἰδίπους)라는 헬라어 어원에는 '부은 발'이라는 것과 '발을 안다'는 의미가 이중적으로 내포되어 있기 때문이다. 동사 οἰδέω(부어오르다)에서 파생된 형용사 οἰδος (부어 오른)와 발이라는 단어 πους가 결합되어 '부은 발'이라는 의미가 가능하고, 동사 εἰδω(보다)에서 파생된 οἰδα(알다)와 πους 가 결합되어 '발을 안다'는 또 다른 의미가 생성된다. 부은 발의 오이디푸스가 불완전한 존재로서의 인간이라면, 발을 아는 오이디푸스는 수동적 운명을 거부하며 끝없이 앎을 추구하는 "인간존재 가운데 최고의 존재"를 의미한다. 그러므로 스핑크스 수수께끼의 핵심이 인간의 불완전한 '발'과 관계된 것과 그 '발'을 아는 탁월함이 오이디푸스의 비극을 증폭시키는 기제로 작동하고 있다는 사실이 흥미로운데, 네 발—두 발—세 발의 불완전한 존재이지만 자신을 아는 듯해 보이고, 동시에 자신에 대해 아무 것도 알지 못하는 수수께끼 같은 이중적 존재가 자신의 불완전한 지식과 그것이 낳은 오만과 불경으로 인해 돌이킬 수 없는 파국을 맞게 된다. 이때 간과해서 안 되는 점은, 위의 어원분석에서 언급된 바처럼 동일한 어원을 가지는 '본다'는 지각과 '안다'는 지식은 동일 의미의 다른 표현이며, 아울러 지식이 몰락할 때 동시에 지각도 폐쇄된다는 사실이다. 이는 왜 작가 소포클레스가 오이디푸스의 파멸 양식으로 죽음보다 실명을 택했는지에 대한 명백한 답이 되며, 이는 동시에 맹목적 인간 지식의 근원이던 불합리한 눈을 초월한 영혼의 눈, 신성의 눈을 지향하는 그리스 비극의 역사성을 뚜렷이 보여준다.

3

'역설의 비극작가'로 불리는 에우리피데스는 무엇보다도 이성적 사유와 감성의 딜레마를 작품 전반에 걸쳐 노출시키며, 고전 계몽주의 시대를 주도 하는 실존주의적 고뇌를 대변하는 시인이자 동시에 철학자로 일컬어진다(E. Segal 244~53). 이는 베르낭 식의 그리스 비극의 역사성 측면에서 볼 때, 신화에서 이성으로 인식의 전환을 요구하는 시대정신과 신화로의 회귀를 꿈꾸는 작가정신의 교차지점에서 발생하는 실존적 불일치와 양가적 모순을 비극의 정신으로 담아내고 있기 때문이다. 이를 가장 잘 보여주는 작품 중 하나가 『박카이』인데, 오이디푸스가 그랬던 것처럼 이 극의 주인공인 펜테우스는 가장 이성적 인물이지만 동시에 가장 비합리적인 인물로 드러나며, 생명과 환희의 상징인 디오뉘소스 신이 또한 폭력과 죽음을 몰고 오는 이중적 특성을 보이는데, 이런 교차적 비극성의 주요 모티프로 신성모독과 불경함이 작동하고 있는 사실에 주목할 필요가 있다. 이성적이지만 비합리적인 인간 사유의 범주를 초월한 지점에서 분출되는 역동적 생명력을 집요하게 추적하는 작가 에우리피데스의 열정은 '역설'이라는 형식으로 드러나며, 이는 결국 '너 자신을 알라'는 델포이의 지혜와 맞닿는 것이며 범그리스적 철학의 토대가 되는 것이다.

동방에서 왔다는 자칭 신이라는 이방인 디오뉘소스를 좇아 테바이 여인들이 키타이론 산에 올라 비의적 축제를 벌이고 있다는 소식을 접한 젊은 왕 펜테우스는 심히 격분하여 디오뉘소스를 동방의 마법사(235) 혹은 거짓 신으로 단정지으며 그를 따르는 모든 여인들을 붙잡아 감금하고 그 또한 교수형에 처할 것이라고 경고한다. 작품 전반부를 중심으로 볼 때, 이는 펜테우스 자신의 어머니 아가우에(Ἀγαυη)를 비롯해 이모들마저 디오뉘소스 축제에 동참했으며, 그들은 포도주에 취해 성적 문란과 도덕적 타락을 부추긴다는 판단 하에 더 이상 방관할 수 없는 왕으로서 도시국가 테바이의 안녕과 질서를 도모하고자 하는 발상에 기인한 것으로 볼 수 있다.

먼저 주목해서 볼 부분은, "새로운 신"(219)으로 등장하는 디오뉘소스는 그 외모에서부터 차이를 해체하는 탈경계적 사유의 지평을 열고 있다는 점이다. 그는 남성적이며 동시에 여성적이며, 신이며 동시에 인간이고, 생명 친화적인 동시에 잔인한 죽음을 동반한 신으로 기존의 올림포스 신들이 가지는 단면적 명징성을 넘어서 양가적이며 역동적인 사유를 지향한다. 디오뉘소스의 신성은 인간의 판단과 이성을 넘어선 것으로, 펜테우스가 우려하는 부도덕과 무질서를 이미 초월한 것이며, 더 나아가 인간의 판단과 폴리스적 질서를 버릴 때 비로소 도달하게 되는 새로운 가치와 질서이다. 이는 조화와 공존을 지향하며 새로운 가치를 갈망하는 작가 에우리피데스의 역설적 비전을 제시하는 것으로, 신성의 대변자인 테이레시아스를 통해 다음과 같이 엄중히 선포되고 있다: "디오뉘소스 신은 여인들에게 정숙을 강요하지 않는다"(314). 신성한 질서는 강요되는 것이 아니라 자율적 가치이며, 폴리스적 통치 질서와는 어쩌면 상반된 것일 수도 있다. 새로운 가치관은 억압적 질서나 권위에 위해 강요되는 것이 아니며 신적 질서의 형태로 "단정하고 차분하게"(686) 조용하며 거대한 흐름을 이루어가는 것이다.

이에 반하여, 폴리스적 가치와 질서에 천착하는 펜테우스의 모습은 그리 공감할 만한 것이 아니며 동정을 유발할 만한 것도 못 된다. 오히려 그의 이성적 탐문은 신성모독적이며 불경하게 비춰지는데, 이는 디오뉘소스 제의 혹은 축제가 인간의 도덕 범주를 넘어선 것이며 인간의 이성적 사유가 미칠 수 없는 신적 범주에 속한 것이기 때문이다(Dodds 111). 이처럼 인간의 유한한 눈으로 신성을 재단하려는 태도는 오이디푸스의 그것과 아주 유사하다. 이에 인간 이성의 한계를 지적하며 디오뉘소스는 펜테우스에게 "너는 자신이 누구인지 모른다"(506)고 질책하며 존재론적 각성을 촉구하지만 자신의 이성적 측정 혹은 가치판단을 지나치게 신뢰하는 젊은 왕은 완강히 거부하며 그 충고를 거스른다. 이러한 펜테우스의 오만한 어리석음에 테바이의 창건자인 할아버지 카드모스는 마지못해 현실적 타협안을 제시하기에 이른다. 설령 디오뉘소스가 거짓 신이라 하더라도 펜테우스의 이모인 세멜레(Σεμελη)가 그 신을 낳은 것으로 세상에 알려진다면 카드모스 가문으로서는 큰 명예를 얻게 될 것이며, 자신을 높이려다 아르테미스(Ἀρτεμις) 신의 노여움을 산 아크타이온(Ἀκταιων)이 사냥개들에게 갈기갈기 찢겨 죽은 전례를 보더라도 오만한 전철을 밟지 말 것을 종용한다(330~42).

또한 펜테우스의 명령으로 키타이론 산을 정탐했던 전령조차도 그의 무모하고 오만한 행위들에 대해 우려와 근심을 표출하며 디오뉘소스를 새로운 신으로 맞이하기를 에둘러 권유하고 있다(668~71). 이때 전령은 솔직히 보고해 사실을 말하면 자신의 안위가 불투명해질 수 있다는 판단에 조심스럽게 말문을 여는데, 이는 폴리스적 질서와 이성을 대표하는 펜테우스가 점차 그 한계를 넘어 비합리적 폭군으로 전락하는 과정을 엿볼 수 있는 대목이기도 하다. 이같이 이성적이긴 하지만 비합리적인 한계적 인간의 폭력적 이성과 광기에 대비되는 키타이론 산의 디오뉘소스 제의는 비이성 적이며 무질서해보이지만 오히려 차분하고 진지한 장관을 연출했다고 전한다(677~93). 이러한 역설적 상황은 시종이 보고한 기적 혹은 이적과도 맥을 같이 하는데, 디오뉘소스가 자신을 체포하러 온 군인들에게 전혀 저항하지 않고 오히려 온화하게 미소 지으며 손을 내밀어 포박당하는 것이나, 감옥에 묶여 있던 박코스 여신도들이 때가 되어 밧줄이 저절로 풀어지며 옥문 이 스스로 열려지자 다시 키타이론 산을 향해 달려가는 기적 같은 엑소도스(ἔξοδος)가 연출된 것은 과히 신성의 역사가 아닐 수 없다며 신앙고백에 가까운 보고를 한다(435~51).

그럼에도 불구하고 폭력적 이성에 사로잡힌 오만불손한 펜테우스는 더욱 더 광기를 더해 가고, 급기야 신성의 상징인 디오뉘소스의 긴 곱슬머리와 튀르소스(θυρσος)를 자르고 빼앗으며 그를 다시 결박하여 투옥시킨다(493~511). 질서와 폭력, 이성과 광기가 교차하는 이러한 역설적 대비는 이 작품이 지향하는 주요 모티프이며, 역동적 양가성과 변증적 합일을 추구하는 디오뉘소스 시학의 본질에 속하는 것이다(Segal 8). 작가 에우리피데스는 역동성에 기초한 새로운 질서와 가치를 추구하는 디오뉘소스적 감성을 배타적 질서에 천착하는 폴리스적 가치관과 폭력적 이성의 한계를 극복하고 구원할 예표로 제시한 것으로, 배타적 이성과 역동적 감성을 양 축으로 한 일련의 논쟁과 대립이 위기를 고조시키며 치닫지만 하나의 축으로 완전히 기울지 않는 일종의 문제작으로 남는 것은 또한 에우리피데스 시학의 디오뉘소스적 특성으로 읽을 수 있다. 이성적이지만 비합리적이라는 역설적 관점에서, 인간이 그 자신을 안다는 것(γιγνωσκειν σεαυτον)은 지극히 어려운 것이며 펜테우스의 정도를 지나친 이성은 이미 병이며 악이다.

> 절제 없는 말은
> 불경하며 어리석고
> 그 결말은 재앙이라.
> …
> 그런 인간은 미쳤고,
> 그 행위는 악이라. (386~400)

정도를 지나친 인간의 판단은 지혜로운 듯하지만 지혜가 아니며, 오히려 어리석고 악한 행위이므로 이런 불경스런 배타성을 벗어나 디오뉘소스 축제의 신성한 제의에 동참할 것을 촉구하며 "모든 이방인들도 디오뉘소스를 신으로 경배한다"고 타이르지만, 펜테우스는 "그들은 헬라인들보다 어리석기 때문이다"고 재빠르게 응수한다. 이에 디오뉘소스는 인간은 신 앞에서 동등하며 하나이고 "삶의 양식이 다를 뿐"이라고 말하며 헬라인이 이방인보다 더 우월하다는 패권주의적 사고를 질타한다(481~83). 디오뉘소스적 가치가 추구하는 세상은 남녀노소의 차별이 없으며 (204~06) 부자든 가난한 이든 누구에게나 포도주와 환희를 선물로 주고(421~22), 헬라인이나 이방인 모두가 함께 어울려 사는(18~9) 곳으로 배타적 이성과 폭력적 헤게모니가 해체되고, 여성의 활동이 가사노동에만 얽매이지 않는(1235~38) 장이다. 따라서 디오뉘소스 신 앞에서는 헬라인과 이방인의 차별이 없으며 "헬라인＝문명, 이방인＝미개"라는 식민주의적 상상력은 병든 이성의 한 모습일 뿐이며, 한계적 인간이 가지는 이성적 사유의 비합리적 횡포이다. 이는 헬라 인이든 이방인이든 여성이든 남성이든, 노인이든 젊은이든 감성이든 이성이든, 모두가 하나이며 공존과 화합의 대상일 뿐이라는 디오뉘소스 시학의 역동성과 포용성을 잘 드러내주는 것으로 고전 계몽주의 시대가 내포한 정치·문화적 의미가 강조된 대목이다.

그런데 여기서 한 가지 중요한 사실은, 이런 세상은 인간의 계획이나 이성적 측정의 산물이 아니라 신적 질서 속에 있는 자신을 발견하고 정도를 지나치지 않는(μηδεν ἀγαν) 지혜와 그 궤를 같이 한다는 점이다. 이에 테이레시아스는 다음과 같이 충고한다: "당신의 병든 생각을 지혜라 착각하지 마시오"(311~12). 왜냐면 대대로 신성을 만홀히 여기지 않는 것이 전통이요 관습이며, 이 시대의 어떤 기괴한 논리로도 그 전통과 관습을 무너뜨릴 수 없기 때문이다(200~04). 이러한 아폴론 사제의 간곡한 예언적 계시에도 불구하고 정치적 목적에 사로잡힌 펜테우스의 병든 이성(Segal 167)은 무지와 광기에서 헤어나지 못하며, 이를 통해 인간 지식의 한계와 이성의 맹목성을 노출시키고 있는데, 이러한 한계적 인간의 아이러니한 삶의 모순을 경계하여 "너 자신을 알라"는 델포이 신탁을 철학의 근본으로 삼고 가장 진지하게 실천했던 철학자 소크라테스의 시대가 작가 에우리피데스의 시대와 중첩 되고 있는 B.C. 5세기 계몽주의 시대인 것은 결코 우연이 아닐 것이다.

맹목적 이성의 병이 깊은 펜테우스는 오만불손한 신성모독의 극단을 치닫는데, 테이레시아스의 신성한 거처를 파괴하고 신성을 모독하며 동시에 디오뉘소스 신을 잡아 죽이고자 한다(346~58). 그리고 그 불경함에 대한 결과는 이미 예견할 수 있는 것으로, "가혹한"(1249) 신의 징벌이 뒤따르게 된다. 왜냐면 "신의 권능은 더딘 듯하지만 반드시 임할 것이며, 영혼이 미혹되고 교만하여

신을 업신여기는 자를 응징하기"(882~86) 때문이다. 그런데 이런 신성모독에 대한 징벌의 과정에서 한 가지 주목할 점은, 그러한 징벌조차도 신에 의해 일방적으로 혹은 운명적으로 부여된 것이라기보다는 펜테우스 자신의 선택에 의해 초래된 결과라는 사실이다. 디오뉘소스 신에 의해 로고스(λογος) 또는 신적 질서가 선포되는데, 인간이 그것을 받아들이기를 선택하든, 거부를 선택하든 간에 그 선포된 것은 반드시 이루어질 것이지만, 그 선택에 대한 상벌은 인간 자신의 몫이기 때문이다. 같은 관점으로, 펜테우스가 키타이론 산에서 벌어지는 신성한 제의를 엿보려는 의도 속에는 성적 탐닉의 숨겨진 욕망이 또한 자리잡고 있는데, 겉으로 보기에 디오뉘소스 신이 훔쳐보기의 동인처럼 나타나지만(912~17), 그 실상은 성적 욕망과 징벌이 교차하는 지점에 펜테우스 자신의 불경스런 선택이 주요하게 작동함을 보게 된다(955~58). 다시 말하자면, 신성모독과 불경함에 대한 징벌의 한 동인으로 펜테우스 자신의 불경스런 성적 욕망이 작동하는 셈이다. 이처럼 폭력적 이성과 왜곡된 지식에 더해진 성적 욕망의 노출은 폴리스적 가치관의 맹목적 허위와 치부를 드러내며, 펜테우스의 몰락이 신성의 무자비함에 기인한 것이 아니라 자신의 불경한 선택의 결과임을 역설하고 있다. 펜테우스의 이런 모순적 정체성은 자신이 인정하든 아니하든 이미 인간 내적 본질에 속하는 것으로(Rosenmeyer

383), 불연속적이고 무절제한 디오뉘소스적 특성 그 자체이며 유한한 인간의 내적 속성이기도 하다. 역설적이게도, 자신이 거부했던 디오뉘소스적 속성을 자신의 내부로부터 폭로당한 펜테우스는 그 자신이 이미 너무 디오뉘소스적 인간이며, 아울러 디오뉘소스에 의해 펜테우스가 조종된 것이 아니라, 그로 인해 디오뉘소스적 본질이 폭로된 것이다. 중요한 것은, 펜테우스 자신은 자신의 그러한 속성을 지속적으로 은폐해 왔으며 불편한 타자로 주변화시켜 왔다는 점이다(Kristeva 181). 이는 디오뉘소스를 둘러싼 이방인과 여성에 관한 맹목적 이성의 기제로 작동하며 디오뉘소스적 역동성을 억압, 재단하는 도구로 전횡되어 왔다는 점이다.

따라서 한계적 인간의 실존적 자각과 관련하여, 오이디푸스를 향한 코로스의 마지막 대사는 펜테우스에게도 동등한 정도로 적용될 수 있다: "마지막 순간까지 누구도 행복하다고 단정할 수 없다"(1529~30). 펜테우스의 마지막 순간은 신성한 제의를 "웃음거리로 만드는 자"(1081)라는 예견된 선고와 함께 사형집행인 마냥 달려드는 박카이들에 의해 사냥감으로 제물이 되어 갈기갈기 찢겨지고, 박카이의 인도자인 아가우에는 자신의 아들인 펜테우스의 머리를 사자새끼의 그것으로 생각하며 튀르소스에 꽂아 개선장군처럼 테바이로 입성한다. 하지만 곧 모든 사건과 사실이 명백해질 때 테바이는 온통 통곡의 성이 된다. 이는 자식살해라는 비극성의 최절정과 병치된 신성모독과 그 징벌의 무게를 역설하는 것으로, 통곡의 울림을 타고 신성이 선포되는 것이다. "디오뉘소스가 카드모스 가문을 몰락시켰다"(1206)고 항변하는 아가우에를 향해, "너와 네 아들이 그를 신성모독으로 진노케 했으며"(1303) "진정한 신으로 받아들이지 않은"(1297) 대가이므로 "너무나 가혹하지만 정당한 것"(1249)이라고 카드모스는 답한다.

펜테우스의 살아있는 육체를 찢는 스파라그모스(σπαραγμος)는 디오뉘소스 제의의 한 부분으로 거행된 것인데, 박카이들이 맨손으로 참여하고 있다는 점이 흥미롭다. 무기는 남성적이며 폴리스적 가치의 핵심적 요소이지만, 맨손은 여성적이며 나약함의 상징이 되기도 하므로 식민주의적 상상력 관점에서는 지배/피지배의 경계가 되기도 한다. 그런데 이 작품에서는 이런 경계를 무너뜨리는 탈경계적 상상력이 식민주의적 상상력을 전복시키고 있다. 이는 지배/피지배의 폴리스적 차별 구조의 경계를 허물며 남녀노소, 헬라인 이방인 모두가 편견과 오만을 버리고 신적 질서에 순종하며, 이로써 하나되는 새로운 질서와 가치를 지향하는 작가적 비전을 반영한 것으로, 양가적 모순을 축으로 신성모독과 불경함의 담론이 역동적 에너지로 녹아들고 실존적 불일치가 생명의 근원이 되는, 비규칙적이지만 합리적인 디오뉘소스적 역설의 세계를 지향하고 있다.

4

　신성모독과 불경함을 중심으로 극문학을 연구함에 그리스 비극이 먼저 두드러진 것은 그것의 역사성 때문이다. B.C. 5세기 고전 계몽주의 시대의 아테나이는 무엇보다 잘 알려진 소피스트와 그들을 잇는 3대 철학자들을 탄생시키는 모태이기 때문이며, 동시에 3대 비극작가들의 주된 활동 무대이기도 하기 때문이다. 이런 역사성은 여러 측면에서 의미가 있지만, 특히 신화와 이성의 교차점에서 새로운 질서를 지향하는 디오뉘소스적 시학을 태동시킨 것은 현대 격변기를 살아가는 우리들에게 시사하는 바가 크다고 본다. 이런 새로운 질서를 지향하는 역설적 시학의 관점에서 『오이디푸스 왕』과 『박카이』를 고찰하게 되었는데, 출신과 성장배경 등이 서로 다른 작가에 의해 극작되었지만 그 모티프와 지향점이 서로 교차하는 지점에서 "너 자신을 알라" 그리고 "정도를 지나치지 말라"는 델포이 신탁의 음성이 울려 퍼지는 것은 결코 우연이 아닐 것이다. 아울러 오이디푸스와 펜테우스의 공통적 하마르티아가 있다면 그것은 정도를 지나친 인간 이성에 대한 과신과 과욕이며 그로 인한 오만과 신성모독일 것이다.

　오이디푸스는 자신의 이성적 측정과 계산으로 스핑크스의 수수께끼를 풀고 도시국가 테바이를 위기에서 건졌던 "인간 존재

가운데 최고의 존재"로 자신의 능력만으로 뒤란노스의 자리에 오른 자로서, 라이오스 왕의 시해자를 색출하여 테바이에 내린 저주를 풀고 태평성대를 누리게 만들 것이라고 확신한다. 펜테우스 역시 냉철한 이성과 폴리스적 가치의 수호자로서, 자칭 이방신인 디오뉘소스를 좇아 키타이론 산에서 축제 혹은 비의를 벌이고 있는 박카이들을 소탕하고 거짓 신 디오뉘소스를 잡아 죽여 도시국가의 질서를 바로 세우겠다며 날을 세운다. 여기까지는 최고 통치자로서 국가의 안녕과 질서를 지키려는 충정의 발로로 이해되며 응당한 반응으로 여겨진다. 하지만 곧 오이디푸스는 자신이 쫓고 있는 그 시해자는 다름 아닌 그 자신이라는 사실을 전해 듣고 펜테우스 역시 디오뉘소스가 진정한 신이라는 사실을 전해 듣는다. 주목할 점은, 그 전달자는 공통적으로 테이레시아스라는 사실이며, 그는 고전시대의 대표적 예언가로 신성의 대변인으로 등장하는데, 앞을 볼 수 없는 인물이다. 아울러 눈먼 자가 전하는 진리는 다소 역설적 의미가 내포되어 있다.

테이레시아스를 통한 신성한 계시가 선포되었음에도 불구하고 오이디푸스는 신탁을 비롯한 모든 충고를 거부하고 오직 자신의 능력의 눈과 이성적 측정에만 의지하여 사태를 수습하고자 하며, 자신의 추론에 반하는 모든 것에 광기를 발동하고 심지어 테이레시아스의 신성을 짓밟고 모독하기에 이른다. 펜테우스 역시 테이레시아스의 예언적 계시를 짓밟고 디오뉘소스를 붙잡아 신성한 머리칼을 자르고 튀르소스를 빼앗고 죽이고자 한다. 오이디푸스와 펜테우스, 이들의 이성적 맹목성은 이미 광기이며 병으로 구원의 대상이지만, 그들 자신은 자신을 전혀 알지 못한 채 병이 점점 깊어가고 마침 내 자신의 내적 모순의 한계점에서 자멸하게 된다.

흥미로운 점은, 이런 신성모독적 오만함은 인간 존재의 모순적 정체성의 한 양상이며 불완전한 인간의 내적 본질에 속한다는 것과 주인공들의 모순적 정체성, 혹은 존재론적 이중성은 스스로 폭로된다는 사실이다. 오이디푸스라는 이름은 '부은 발' 혹은 '발을 안다'는 이중적 의미를 내포하고, 튀란노스라는 의미 역시 '왕' 혹은 '폭군'을 의미하는데, 이는 열등한 존재와 최고의 존재 사이에 놓인 인간 실존의 불일치와 모순의 속성을 고스란히 노출시키고 있다. 따라서 오이디푸스의 자기 정체성 탐문의 과정은 역설적이게도 자기 모순성의 폭로 과정임에 다름없으며 그 과정에는 레테의 강을 거슬러가는 아픔과 고통이 필연적으로 동반된다. 아울러 그 고통의 정점에서 모순의 상징인 이성의 눈을 멸하므로 영혼의 눈을 득하는 역설이 또한 정점에 이르게 된다. 마찬가지로, 펜테우스가 디오뉘소스와 그 신도들을 소탕하러 키타이론 산으로 잠입해 들어가지만, 그 실상은 자신의 내면으로 들어가는 여정으로 볼 수 있다. 신성한 제의를 염탐하며 웃음거리로 만드는 자의 내면은 그 자체가 모순 덩어리로 불편한 타자와 성적 욕망으로 가득하고, 폴리스적 가치가 은폐하거나 주변화시켜 온 이방인과 여성은 펜테우스 자신의 또 다른 감춰진 모습이며 모순적 정체성의 한 단면임이 드러난다.

앞의 두 작품을 통해 본 인간 존재의 본질은 이성적이지도 감성적이지도 않다. 또한 이성적인 듯하지만 비합리적이고, 비이성적이며 감성적인 듯하지만 합리적이기도 하다. 경건의 모양은 갖추고 그것을 지향하는 듯하나 신성모독적이고, 무분별하고 정돈되지 않은 듯하지만 신성한, 이 같은 모순적 양가성의 축을 중심으로 불연속적이고 비규칙적인 질서를 태동시킨 것이 디오뉘소스적 시학의 특징인데, 이는 B.C. 5세기의 역사성에 그 뿌리를 두고 있다. 신화에서 이성으로, 이성에서 신화로 서로 교차하는 지점에서 인간은 얼마나 이성의 맹목성에서 자유로울 수 있는가, 유한한 인간 이성이 재단해 놓은 경계와 차이는 얼마나 신뢰할 만한가, 이러한 질문들을 던지며 그 시대의 철학자, 시인들은 새로운 질서를 꿈꾸었을 것이며 그러한 고뇌의 산물이 디오뉘소스적 역동성과 역설로 표출된 것이다.

인간의 모순성은 존재적 본질에 속한 것으로 불연속적이며 비규칙적인 속성 그 자체이며, 이성적인 듯하나 비합리적이며, 이성적이지도 감성적이지도 않은 역동성으로 볼 수 있다. 이러한 역동성은 탈경계성, 탈맹목성을 지향하는 새로운 질서의 패러다임을 제시하며 조화와 공존의 지평을 열고 있다. 따라서 유한한 인간의 맹목적 이성으로 초월적 신성을 측정하며 재단하고자 하는 욕망은 광기이자 병이며, 이는 내적 모순성을 은폐하며 타자화시켜 온 오이디푸스와 펜테우스가 스스로 폭로하는 신성모독과 불경함의 양상이다. 역설적이게도, 맹목적 눈을 버릴 때 영혼의 눈이 열리고, 자신의 내적 모순에 귀를 기울일 때 우주적 음성을 듣게 된다는 강한 여운을 읽게 된다.

주제어: 『오이디푸스 왕』, 『박카이』, 디오뉘소스적 역동성, 신성모독, 불경(함), 탈경계(성), 역설, 실존적 모순(성)

인용문헌

Aristotle. *The Complete Works of Aristotle*. Ed. Jonathan Barnes. Princeton:
     Princeton UP, 1995.

Brisson, Luc. *Sexual Ambivalence: Androgyny and Hermaphroditism in
     Graeco-Roman Antiquity*. Trans. Janet Lloyd. Berkeley: UCP, 2002.

Dobrov, Gregory. *Figures of Play: Greek Drama and Metafictional Poetics*.
     Oxford: Oxford UP, 2001.

Dodds, E. R. *Euripides: Bacchae*. Oxford: Oxford UP, 1960.

Dodds, E. R. *Oxford Readings in Greek Tragedy*. Ed. Erich Segal. Oxford:
     Oxford UP, 1983.

Euripides. *Euripides Opera Omnia*. Charleston: Nabu P, 2011.

Heidegger, Martin. *Poetry, Language, Thought*. Trans. Albert Hofstadter. New
     York: Harper and Row, 1971.

Knox, Bernard. *Essays: Ancient and Modern*. Baltimore: Johns Hopkins UP,
     1989

Kristeva, Julia. *Strangers to Ourselves*. Trans. Leon Roudiez. New York:
     Columbia UP, 1991.

Rosenmeyer, Thomas. *Greek Tragedy: Modern Essays in Criticism*. Ed. Erich

Segal. Oxford: Oxford UP, 1983.

Segal, Charles. *Dionysiac Poetics and Euripides' Bacchae*. Princeton: Princeton UP, 1982.

Segal, Erich. *Oxford Readings in Greek Tragedy*. Ed. Erich Segal. Oxford: Oxford UP, 1983.

Sophocles. *Sophocles Opera Omnia*. Charleston: Nabu P, 2011.

Vernant, Jean-Pierre. *Myth and Tragedy in Ancient Greece*. Trans. Janet Lloyd. New York: Zone Books, 1990.

역저자 정해갑

상명대학교 영문과 교수.
부산대, 연세대, 미국 루이지애나 주립대 등에서 영문학과 서양(그리스·로마) 고전문학을
전공했다. "Shakespeare와 그리스 로마 고전 비극에서의 신역사주의 문화유물론 비평"으
로 미국 루이지애나 주립대에서 박사학위(Ph.D.)를 받았다. 주된 관심 분야는 고전 번역과
문화비평이며, 강의 중점 분야는 그리스 비극과 셰익스피어 그리고 비교역사와 비교문화
이다.
주요 논문으로는 "A Strategy of the Production of Subversion in Shakespeare",
"The Possibility of Self-Critique to Colonialist-Orientalist Attitudes in Greek-Roman
Drama", "Ecocritical Reading of the Platonic Cosmology: Environmental Ethics
and the Material Soul in between $i\delta\varepsilon\alpha$ and $\dot{v}\lambda\eta$", "Foucault, Discourse, and
the Technology of Power", "하우프트만의 〈쥐떼〉와 셰퍼드의 〈굶주리는 계층의 저주〉:
사회비평적 운명극", "비교문화로 읽는 셰익스피어와 에우리피데스" 등이 있다.

박카이
: 박코스 축제의 여인들

© 정해갑, 2022

1판 1쇄 인쇄_2022년 02월 20일
1판 1쇄 발행_2022년 02월 25일

지은이_에우리피데스
역저자_정해갑
펴낸이_양정섭

펴낸곳_경진출판
　　　등록_제2010-000004호
　　　이메일_mykyungjin@daum.net
　　　사업장주소_서울특별시 금천구 시흥대로 57길(시흥동) 영광빌딩 203호
　　　전화_070-7550-7776 팩스_02-806-7282

값 20,000원
ISBN 978-89-5996-851-0 03890